お腹が
ぐぅ〜と鳴る、
17音の物語

夏井いつき × ローゼン千津

食卓で読む一句、二句。

WANIBOOKS

お久しぶりです！
夏井姉妹です

姉 夏井いつき　　妹 ローゼン千津

はじめに　俳人姉妹、今回のテーマは「食卓」

シリーズ二冊目となる『食卓で読む一句、二句。』をお届けできることを心から嬉しく思っている。

一冊目の『寝る前に読む一句、二句。』が完成した段階で、あまりにも素敵な本になったので、なんだかテンション上がって、次はどんなのにしようかと、編集スタッフ共々話が弾んだ。色んな案が出た中で、食卓ってのもいいね！　なんて二冊目を作る意欲満々だったのだ。

妹ローゼン千津と互いのスケジュールを擦り合わせ、「この辺りでしばらく松山に来てね」と決め、「ニックと久しぶりにお酒も飲める」「ケンコーさんの麻婆豆腐食べたい〜」なんて言い交わしていたのだ。

が、ところがどっこい、その計画をズタズタにしたのがコロナ禍だ。しばらく様子を見ようと計画を延期したものの、なかなか先が見えない。そうこうするうちに、講演や打合せがＺｏｏｍなどという文明の利器でこなせるようになっていく。ローゼン千津から「Ｚｏｏｍで話そう！」と提案があり、再び二作目に向けて、作業が動きだしたというわけだ。

夏井家の家系図

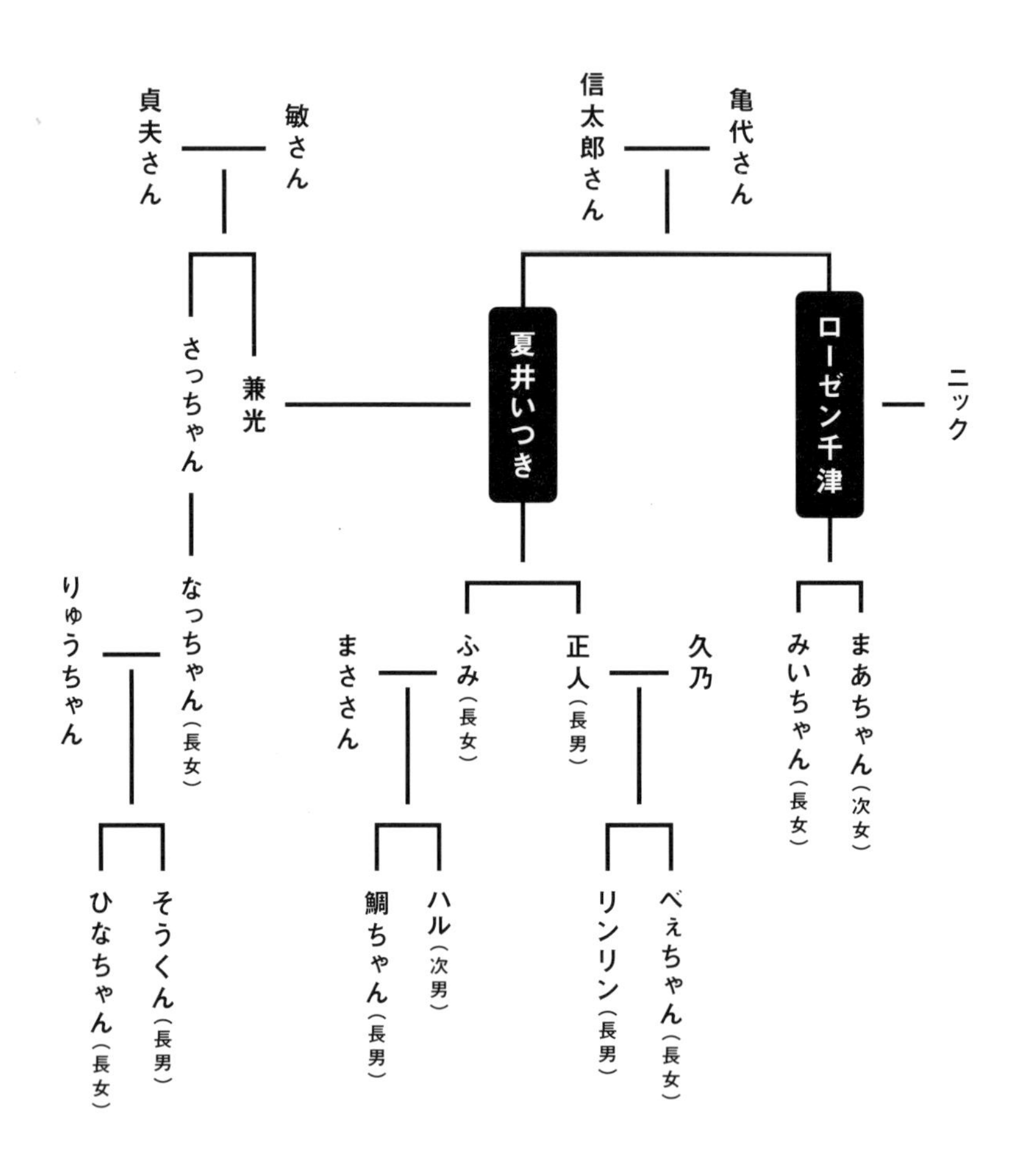

亀代さん
信太郎さん
敏さん
貞夫さん
ニック
ローゼン千津
夏井いつき
兼光
さっちゃん
まあちゃん（次女）
みいちゃん（長女）
久乃
正人（長男）
ふみ（長女）
まささん
なっちゃん（長女）
りゅうちゃん
べぇちゃん（長女）
リンリン（長男）
ハル（次男）
鯛ちゃん（長男）
そうくん（長男）
ひなちゃん（長女）

正直に言うと、私は食べ物にあまり執着がない。

ケンコーさんと再婚しなかったら、食べることもなかった物、美味しさを知ることもなかった物が、色々ある。ケンコーさんは美味しいものが好きで、どこかで食べた味を自分で作りたいと思う人だから、私はそれをちょっと横からつまみ食いして、美味しいお酒を頂いたらそれで満足。食べたという経験は語れるが、その食べ物に対する蘊蓄（うんちく）も知識もない。そんな事情で、今回は対談というよりは、Ｚｏｏｍを使った三人の座談という内容になっている。


それにしても、ローゼン家の食卓は変わっている。

私には何のことやらわからない料理の名や食材が次々出てくる。カタカナの羅列で目がチカチカしてくる。食べたこともないから味もわからない。読者諸氏は、ひとまずそれを覚悟の上で読んでいただき、その味を多大な想像力で補っていただくしかない。俳人的想像力の使いどころは、まさにこの本のためにある。

そう思えば、この一冊を世に送り出す意義というものもあるに違いない。

夏井いつき

いつき＆兼光夫婦って、こんな二人！

夫・加根兼光から見た「夏井いつき」とは？
そして妻から見た夫とは？　夫婦による、ここだけの相互解説。

夏井いつき

俳句集団いつき組組長。8年間の中学校国語教諭の後、俳人へ転身。創作活動に加え、「句会ライブ」開催や、「俳句甲子園」創設に携わるなど俳句の種まき運動を続ける。選者を務める俳句欄多数。テレビ・ラジオへの出演の他、YouTubeも始める。

加根兼光（かねけんこう）

映像・俳句プロデューサー。1949年、大阪府堺市生まれ。CMチーフプロデューサーとして、30年以上1000本を超えるCM制作に携わる。50歳を過ぎて始めた俳句では、2007年第9回俳句界賞を受賞。俳句集団いつき組組員。現代俳句協会会員。

いつきさんのガンバリ 到底、真似出来んなぁ

まあ、あんまり誉めすぎてもとは思うが、努力家。それも並大抵では無い。そこまでやらんでも、と言うくらいのガンバリです。ボクには到底真似出来んなあ。

責任感というかな、強いんですよ。だから、コツコツと変わらずに「俳句の種まき」続けられるんやなあ。

でもね、今はちょっと難しいが、温泉行ったり、整体も定期的に行ったり、ゆっくり吟行したり、そろそろやりませんかねえ。

あ、そうそう、そろそろ、新しい句集も纏（まと）めんとね。まあ、手伝いますんで。ひとつ、よろしく哀愁！

笑いとサービス精神の ロマンスグレー

最初に出会った頃、ナイフとフォークをこんなに綺麗に使える人っているのかと感じ入った。長年のプロデューサー業で培われた経験によって、話題も多岐にわたり、気配りもこまやか。発想力も柔軟で、常に様々な示唆（しさ）をもらえる。

とはいえ、そんなロマンスグレーの知的雰囲気の芯にがっつりとあるのは、大阪人のお笑いとサービス精神。俳句は人となりを否応なく見せるが、こんな二句を平然と作るのが、まさに兼光さんなのだ。

三伏や父の残せる露佛辞書　兼光

エイプリルフールを熱さまシートかな　兼光

ローゼン夫婦って、
こんな二人！

夫・ニックから見た「ローゼン千津」とは？
そして妻から見た夫とは？　夫婦による、ここだけの相互解説。

ローゼン千津

（株）夏井&カンパニーライター。いつき組組員。藍生俳句会会員。藍生新人賞。俳都松山の初代「はいくガイド」メンバー。チャイコフスキー国際音楽コンクール金メダルチェリストの夫ナサニエル・ローゼンと山中湖村に住み、富士山を詠む。

ナサニエル・ローゼン
（ニック）

Nathaniel Rosen米国人チェリスト。グレゴール・ピアティゴルスキーに師事。1978年、チャイコフスキー国際コンクールチェロ部門優勝以来、世界的名手として知られる。2011年、日本へ。現在は山中湖村にて妻と共に富士山を見て暮らす。

千津は、私と私の音楽を完璧に理解する

When we walk in the forest she shares haiku rhythms and season words. She is beautiful and completely understands me and my music.

私達が森の中を歩く時、俳句のリズムと季語について語る。彼女は美しく、私と私の音楽を完璧に理解する。（和訳・ローゼン千津）

子ども達が、ニックさんが大好きなんよね

仕事が早い！　書くのが早い！　OK！　の返事が早い。子ども達、そして、ニックさんが好きなんよね。

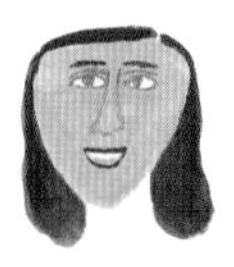

ニックの経験の全てがチェロ演奏の栄養に

24時間365日を通じ、ニックの興味の中心はチェロ。経験の全てが演奏のエネルギー。スキー宿にチェロを持って行く理由を聞くと、「雪嶺の荘厳や樹氷の青さ、肺の冷たさ、急斜面を滑降する戦き、全身を使って滑り降りる興奮、全てチェロの演奏に直結する。高音へ一気に指を滑らす時、僕は雪になり、風になる。スキーの後は五感が研ぎ澄まされ、チェロの練習が進む」と答える。美術館やオペラやボクシング観戦に妻を連れ出し、人生を楽しみつつ、それら全てがチェロ演奏の栄養になっている。

やたらはっきりと明るい
喜怒哀楽のかたまり

加根兼光

夏井いつき

わたしたちの家族

ナサニエル・ローゼン
（ニック）

ローゼン千津

子どもたち

家藤（いえふじ）正人

夏井いつきの長男。大学卒業後、本格的に俳句に携わる。自身も講師として、俳句教室や句会ライブなどテレビ・ラジオで活躍中。

ふみ

夏井いつきの長女。家業（俳人）手伝い。

久乃（ひさの）

家藤正人の嫁。
漫画を読むのが好き。
ローゼン千津の元上司。

まささん

ふみの夫。
個性的な嫁の実家にも動じない。

孫たち

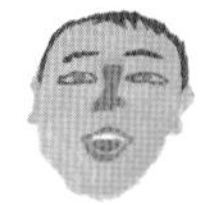

リンリン

正人の長男。何でも口に入れて確かめる自然探求派。

鯛ちゃん

ふみの長男。
朝ご飯は塩おにぎり派。

べぇちゃん

正人の長女。可愛くて豪傑。
お豆腐が食べられるようになった。

ハル

ふみの次男。
りんごと粘土がマイブーム。

子どもたち

みいちゃん

ローゼン千津の長女。4歳からニューヨークで育つ。現在もニューヨーク在住。チェロとピアノを教えている。

まあちゃん

ローゼン千津の次女。2歳からニューヨークで育つ。現在は東京在住。猫アレルギーだが猫大好き。

目次

第3章　大勢で囲む食卓

第4章　祝いの食卓

第5章 思い出の食卓

※本文中の話し手は以下のように省略表記しています。
夏…夏井いつき
ロ…ローゼン千津
兼…加根兼光

第1章
日常の食卓

蒜をみぢんに打つて梅雨一家

鳥居美智子（とりいみちこ）

季語　梅雨／夏・天文

暦の上では6月11日頃の入梅の日から30日間を言う。実際の気象上の梅雨は一定していない。最盛期は、近畿・関東では6月末。梅雨明けには時に雷を伴い、からりと晴れる。

キッチンに早々と電灯が点る。長梅雨の鬱屈（うっくつ）を晴らすように、まな板に包丁の音を打ちつけ、蒜（にんにく）をみじん切りに刻む。暗く静かな家中に、蒜を炒める匂いがもうもうと立ち籠（こ）め、そこだけ明るい食卓の周りに集う梅雨一家の顔が浮かぶ。

いつき・兼光夫婦の食卓①

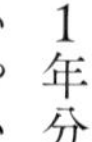
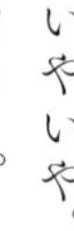

夏 アタシら夫婦の食卓といえば、ニンニク。

ロ そら、ニンニクでしょー。ほら、『寝る前に読む一句、二句。[※1]』の中でも、「死ぬ前に食べたい物はニンニク。兼光さんの炒めるニンニクを嗅ぎたい～」[※2]って。あの気持ちは変わらず？

夏 変わらんね。あ、そうそう。今日収録したYouTube[※3]でもね。たまま冒頭のところで、正人[※4]が、「皆さんには見えないでしょうけど、今この空間にはとんでもなく香ばしいニンニクの香りが立ちこめてます！　今日はペペロンチーノかなあ？」って、叫ぶところから始まった。

ロ わあお！　グッタイミング（夫の兼光さんが、両手にニンニクの大袋をぶら下げて登場）！　ニンニクのストックが、そんなにあるんですか!?

兼 いつき組の組員さんに頂いた[※5]ニンニク。こっちが剥いて冷凍した袋で、こっちは軒にぶら下げる網の袋。

ロ 1年分!?

兼 いやいや。1回に4片、まあ半個くらいは使うから、結構早く無くなるよ。

ロ 「にんにく叩きつぶし小正月のパスタ　夏井いつき」[※6]という句が浮かびます。叩きつぶしてオリーブ油で炒めてペペロンチーノとか、アヒージョ、ラタトゥイユ[※7]、みたいなイタリアン系が主流ですか？　麻婆豆腐と

※1 寝る前に読む一句、二句。
姉妹の俳句ケーハツ本第一弾。2017年刊。

※2 ニンニクの香り
『寝る前に読む一句、二句。』P187。

※3 YouTube
『夏井いつき俳句チャンネル』。姉夏井が長男正人と俳句の楽しさを伝える公式番組。

※4 正人
姉夏井の長男。句会ライブ、ラジオ、YouTubeで母のアシスタントを務める。

※5 頂いたニンニク
組員さんの手作り野菜や米など、夫婦でいつも感謝して食べている。

※6 にんにく叩きつぶし小正月のパスタ
季語「小正月」〈新年・時候〉

※7 ラタトゥイユ
姉夏井は兼光さんと結婚して初めてこれを食べ、美味しさに驚いた。

か中華系？

兼 たまたまね、家にある材料で作ったらそんなもんになってしまう。

夏 家に必ずある物は、ニンニク（笑）。

ロ 乾麺もある。ペペロンチーノ最強！　アヒージョは元々、刻んだニンニクって意味のスペイン語だそうですね。

夏 アヒージョも、兼光さんと結婚して覚えた味。世の中にこんな美味しいもんがあるのかと思った。

ロ 表題句のニンニク料理は？

夏 「梅雨一家」だから、餃子でしょ。季語は「梅雨」。みぢんに打つて、がいい。湿気た家の中に、ぷんと立つニンニクの香。母も子も一緒に野菜をみじん切りに、まな板をとんとん打って、それを父が肉と共に捏ね、みんなで皮に具を包む。小さな白い餃子が大皿一杯になったら、母はビールを開けて座り、父はホットプレートの前に立ち、子どもは箸を握って待つ、と。

ロ 母がビール係で、父は焼き係?!

夏 昔、我が家のご馳走といえば、「夏井家特製肉餃子」。

ロ 神戸牛のぎゅうぎゅう詰まった高級餃子？

夏 安い豚挽き肉をぎっしりと、ぎゅうぎゅう詰め込んで、ぱんぱんにはち切れそうな、ハンバーグ風餃子。肉汁がジュワーっと。ちまちまと手間をかけて作っても、あっという間になくなる（笑）。

ロ おおお！　正人君が大喜びしそう。ふみちゃん[※8]は涙目で、「美味し

※8 ふみちゃん
姉夏井の長女。夏井&カンパニーの編集スタッフ。夏井いつきの歳時記シリーズ、季刊誌『伊月庵通信』、伊月庵パンフレット他、出版物のデザイン・写真担当から、オフィスの整理整頓までこなす夏カン・オフィスの縁の下の力持ち。2児の良き母。

※9 鳥帰りたる夜の數の餃子かな
季語「鳥帰る」〈春・動

いですぅ」って言いそう。[※9]「鳥帰りたる夜の数の餃子かな　岡井省二」
という句も好き。餃子にも羽があって、飛んで行きそう。

夏　「鳥帰る」と「餃子」が、絶妙の社会的距離（笑）。「数の」もいい。ニンニクでもう一品といえば、兼光さんが丸ごと揚げてくれて、皮剥いて、ほくほく食べるのも美味しい。

口　えっえー？　まるごと？　臭くないの？

兼　かえって臭くないよ、丸揚げするとね。

口　うちら姉妹[※10]の父は、刺身のツマにスライスした生ニンニクを食べてた。父はニンニク臭いもんだと思ってた。

夏　うちらの出身地、愛南町は高知の食文化に近いから、鰹のたたきにニンニク添えるように、刺身にはニンニクと醤油だね。

口　ニンニクの匂いといえば、[※11]「にんにくを利かそ明日は日曜日　高尾方子」、[※12]「毒舌を吐く蒜をすりおろし　岩本あき子」。

夏　「利かそ」が利いている。ニンニクをたっぷり豊かに使う場面が「利かそ」の3文字で見える。「明日は」の「は」に心がこもっている。野菜を刻んだり、魚の頭をぶった切ったりしながら、主婦達が思いの丈を吐き出す句が、「台所俳句[※13]」には多いと思いますが、「毒舌を吐く」に釣り合うのは、やっぱ蒜くらいかね。兼光さんも実は台所で静かに毒舌を吐いてたりして、ニンニクをすりおろしながら(笑)。

口　コロナ自粛が始まる前、私とニックが道後の社員寮に居た時、兼光さんが、「明日は収録[※14]があるので、ニンニクをやめときますか？」と

物〉

※10 姉妹の父　家藤信太郎（いえふじしんたろう）。愛媛県内海村にて、3代続いた家串郵便局長を勤めた。父の命日にたまたま生まれた孫の正人が、「家藤」姓を継いだ。

※11 にんにくを利かそ明日は日曜日　季語「蒜」〈春・植物〉

※12 毒舌を吐く蒜をすりおろし　季語「蒜」〈春・植物〉

※13 台所俳句　俳句誌『ホトトギス』の主宰、高浜虚子は、「台所雑詠」という女性専用の投稿欄を設け、長谷川かな女、阿部みどり女などの優れた女性作家を育成した。

※14 収録　TBS系『プレバト!!』出演などの収録。コロナ感染予防自粛中もリモート収録に切り替えるなどして、番組人気は長く続いている。

聞いたら、お姉さんが、「いいえ、ほんの少しお願いします」って、慎ましげに答えてた。その後で、兼光さんが、密かにツッコミ入れてたら笑う。「食うんかい?!」って。

夏 もうこの年になるとね。食べよう、ええがね、ええがね、ニンニクが匂ってても気にならん。食べよう、食べよう、と。むしろ隣の人がニンニクの匂いをさせていたら、「ああ、この人は昨夜（ゆうべ）どんな美味しいもん食べたんやろ?」って羨ましい。だから、他の人も私のニンニク臭で幸福になってね、と(笑)。

ロ いやそれは……どんな人かにもよる。一種のポジティブ・シンキング[※15]ですね！　自分でも知らない内に、たかがニンニクの匂いで誰かを幸福にしているかもしれない。

夏 あるある、そんなこと。それから、「毒舌を吐く蒜をすりおろし」の句で、思い出したのが生レバー。小学校に句会ライブ[※16]に行った時、新聞クラブの子ども達が来て、「一番好きな食べ物は何ですか?」と聞かれて、「生レバーです」って答えたら、校長がのけぞって、「いやあ、生レバーですか！」と、散々笑われた(笑)。

ロ ニンニクと生レバー食って、毒舌を吐く！　組長の元気の素でした！

夏 現在、生レバー[※17]は一切食べておりません！

※15 ポジティブ・シンキング
積極的、楽観的な考え方をすること。対義語の「ネガティブ・シンキング」は、消極的、悲観的な考え方をすること。

※16 句会ライブ
姉夏井の「俳句の種まき活動」の柱となっている。全国津々浦々を兼光さんと行脚し、人数を問わない観客参加型の楽しい句会を開催している。夏井の長男で俳人の家藤正人も同じ志を掲げ、句会ライブの講師として全国を回っている。

※17 生レバー
平成24年7月、厚生労働省が食品衛生法に基づき、レバ刺し、ユッケなど、牛のレバーを生食用として販売・提供することを禁止した。大腸菌の除菌が困難であり、食中毒の危険があるからというのが理由。

乾鮭と並ぶや壁の棕櫚箒

夏目漱石（なつめそうせき）

乾鮭（からざけ）／冬・人事

干鮭ともいう。北国で作られる保存食。鮭の腸（はらわた）を抜き、塩を用いず素乾（しらぼし）にした乾物。軒下などに並べて吊るされ干されることが多い。

軒下に荒縄で吊るされ、口をかっと開き、鈍く輝く、丸ごと一本の紅鮭の存在感に並んで、全く引けを取らぬ棕櫚帚（しゅろほうき）の質感。樹皮の色、穂先の迫力、反り返り具合は圧巻である。あたかも芸術的な意思を持って飾られたオブジェのごとく見える。

いつき・兼光夫婦の食卓②

ロ いつきさん・兼光さんの食卓といえば、次に思い浮かぶのが夜食風景。夜なべして、選句や原稿書きを終えて、やれやれと、焼酎のお湯割りやウィスキーをちびちびと飲み、干物をクチャクチャと噛む姿。「姉夫婦夜なべのするめ噛みにけり　朗善」[※1]と一句詠んだこともありました。

夏 アンタら夫婦、夜なべ終わるまで起きとったことあったっけ？　ニックは夜8時過ぎたら寝てしまうけんね。

ロ 実は、乾鮭のエピソードがあります。アメリカ人の夫ニックが、夏井家の冷蔵庫を開けて叫んだ。「何だ、このミイラの皮のような物と、ミイラの内臓のような物は?!」。行ってみると、赤茶けた色の乾鮭とからすみ。日本人には高価な珍味も、外国人には得体の知れない物に見えます。

夏 ああ、鮭とば？

ロ いつも二人でちびちび噛んでる干物って、鮭とば？　鮭とばと乾鮭は違うの？

兼 鮭とばはね、皮付きのまま鮭を細切りにして、海水で洗って、潮風に干した物。冬葉と書いて、「とば」と読むらしい。乾鮭も同じような製法やと思うけどね。切って干すか、丸ごと干すか。

ロ 北風に吹かれる冬の葉って、素敵な北国の風物詩ですね。

夏 塩気が強いから、ちびちびと噛まざるを得ない。歯ごたえがあって、皮が特に硬い。乾鮭の句を読んで、アタシにぱっと浮かぶ絵がある。

※1 姉夫婦夜なべのするめ噛みにけり
季語「夜なべ」〈秋・人事〉

口 なになに？

夏 [※2]高橋由一の『鮭』。上片身を欠き取られた紅鮭が壁に掛けられた絵。講談社『カラー図説日本大歳時記 冬』の乾鮭のページに載っている。
これこれ（と、歳時記を開いて見せる）。

兼 うわぁ。本当に上半身切り取られて、痛そう……。痛いわ、もう！

口 みたいな顔して、鮭が（笑）。

夏 乾燥した皮と身の触感、というか食感（笑）。この鮭が掛かっている壁の横に、確かに棕櫚箒も並んで掛かっていそう。双方の乾き加減が響き合う。「乾鮭と並ぶや」の「や」がいい。並ぶや、と強調されて、何が並んどるんやろ？ と見たら、棕櫚箒だった。これぞ、切れ字「や」のお手本。さすが漱石。
「乾鮭と並ぶや壁の[※3]コロコロ棒」だったら鮭のインパクトに負ける。

口 コロコロ棒って何？

夏 犬と掃除機は相性が悪いので、[※4]ペットの居る家庭は大体コロコロという粘着テープの付いた棒や、フローリング・モップで埃を取ります。「埃を立てずに埃を取る、ダスキン♪」ってCMあったでしょ？

口 [※5]ダスキンさんが、昔の家にも毎月来てたね？
この俳句読んで、棕櫚箒を買いたくなりました。棕櫚箒にも天然の吸着成分があって、埃を立てずに埃を取り、しかも天然のワックス効果まであるらしい！

夏 壁に掛けても様になる。

※2 高橋由一の『鮭』
江戸から明治の画家。本格的な油絵技法を習得した日本初の洋画家。代表作に、『鮭』や、『美人（花魁）』など。

※3 コロコロ棒
1983年に、ニトムズが販売開始した粘着式カーペット掃除用具「粘着カーペットクリーナー」の通称。コロコロとも。

※4 フローリング・モップ
水拭き雑巾モップに代わって登場したお掃除グッズ。使い捨てシートタイプ、簡単に洗えて繰り返し使えるクロスタイプがある。

※5 ダスキンさん
ダスキンの社名は、英語の埃「ダスト」と日本語の「ゾーキン」を合体させたもの。姉妹の母は、水を使わず埃を取る黄色いモップを愛用していた。姉妹も廊下をダスキンがけさせられた思い出がある。

口　その通り！　それにしても、乾鮭のインパクトが強いせいか、名句が多いね。「手さぐりや乾鮭はづす壁の釘　鈴木道彦」[※6]「手燭して乾鮭切るや二三片　前田普羅」[※7]。「乾鮭を切りては粕につつみけり　水原秋櫻子」[※8]。

夏　道彦の句は乾鮭の硬さ、噛む時の歯応えも浮かぶ。灯に浮かぶ切り身の紅さは、目に訴える美味しさ。一切れずつ粕に包む時の粕の香、鮭の香。五感がときめくね。やはり食べ物俳句は、美味しそうでなきゃ。

口　からすみはどう？　やっぱりお酒のアテ？[※9]　からすみパスタにする？

夏　からすみも、兼光さんに教えてもらった味。兼光さんと結婚しなければ、アタシの人生知らなかった味がたくさんある。

兼　からすみは薄切りにして、炙ってな、大根スライスの上に載せて食べる。

夏　ああ……食べたい（と、思い出すような口元）。

口　「酒のまぬ妻にからすみ分け惜しむ　福田紀伊」[※10]の夫の気持ちわかりますか？

夏　わかる。

口　乾物シリーズでいえば、目刺はどう？　目刺は酒のアテでもあり、ご飯の友でもある。「目刺し焼くここ東京のド真中　鈴木真砂女」[※11]。

夏　ジブリ映画『となりのトトロ』[※12]の中で、お姉ちゃんが味噌汁を作りな

※6 手さぐりや乾鮭はづす壁の釘
季語「乾鮭」〈冬・人事〉

※7 手燭して乾鮭切るや二三片
季語「乾鮭」〈冬・人事〉

※8 乾鮭を切りては粕につつみけり
季語「乾鮭」〈冬・人事〉

※9 アテ
関西では、酒の肴のことを「あて」と言う。「あてがう」から来た言葉という説がある。

※10 酒のまぬ妻にからすみ分け惜しむ
季語「鱲子（からすみ）」〈秋・人事〉

※11 目刺し焼くここ東京のド真中
季語「目刺」〈春・人事〉

※12 となりのトトロ
1988年4月公開のスタジオジブリ制作、宮崎駿監督作品、長編アニメーション映画。昭和初期頃を舞台にしたファンタジー。

がら、お弁当箱の白ご飯の上に、焼いた目刺もちょいちょいと載っける。この句の目刺は、あの小っちゃな目刺。塩気がきつい、よく干した目刺。

口　まな板をお鍋の上にかざして、刻んだ豆腐と葱をざっと投入する、あの手際のよさに泣ける。サツキちゃん、まだ子どもなのに。

夏　好きな目刺の句は、芥川龍之介の「木がらしや目刺にのこる海のいろ[※13]」。好きな目刺は、愛南町赤水の、あ、ド忘れした、ナントカ海産のうるめ丸干し。

兼　これこれ（と、検索画面を見せる）。

夏　これこれ。武久海産のうるめ丸干し[※14]（と、読み上げる）。「イワシ本来の繊細な旨みをお楽しみいただくため、焦がさない程度に炙ってお召し上がりください」って書いてある。一夜干しほどではなく半生で、うす塩で、ああ……食べたい（と、思い出すような口元）。

口　「目刺の列のいちばん下はかなしいよ　幡谷東吾[※15]」は、どういう悲しさ？

夏　（オンライントーク[※16]の為、質問が聞こえなかったか、好きな干物の話を続ける）一夜干しで旨いのはイカ！　半透明のイカ！　釣れ立ても旨い！　アンタは行ってないと思うけど、お父さんとイカ釣りに出て、釣れたばっかりのイカを船の上で七輪で焼いて、口を真っ黒にして熱々のイカ墨をふうふう啜（すす）って食べたねえ。

※13 **木がらしや目刺にのこる海のいろ**　季語「木枯」〈冬・天文〉

※14 **武久海産のうるめ丸干し**　武久海産は、夏井・ローゼン姉妹の故郷愛媛県愛南町の会社。「イワシを知り尽くした職人が仕上げた、繊細なイワシ本来の旨みが味わえる一品」。

※15 **目刺の列のいちばん下はかなしいよ**　季語「目刺」〈春・人事〉

※16 **オンライントーク**　自粛中の姉妹トークは、松山の夏井宅とローゼンの山中湖の山小屋を繋いで、オンラインで行われた。所々、通信障害があったが、笑いと食の話題は途切れず、楽しいトーク・セッションとなった。

夏 口 イカ墨スパゲティ食べたい！　釣りの楽しい思い出、何もない。[※17]
あ、ひょっとして今、兼光さんが、うるめ丸干しを武久海産に頼んでくれとるかも⁉

口 やったね！　どうしても気になる「目刺の列のいちばん下はかなしいよ」という句ですが、一番下ってどこ？　真ん中の目刺は左右に仲間がいるのに、一番端の目刺は片方誰もいなくて寒くて悲しいね、ってこと？

夏 ほら、藁なんかをつないで干すと、端っこの方は重みで垂れたり、歪んだり、落ちかけたり、うら寂しく、もの悲しく見えている。

口 兼 なぁるほど。「一番端」ならそうだけど、「一番下」に引っかかる。

戸板くらいの木枠があって、竹串が上から何段か渡されて、そこに尾を下に、目のところを刺されて、何段にもぎっしりと、下に行くほど段々に小さくなってな、悲しいほどひねくれた形の悪いのが干してある。一番下は家族用。

夏 それぞれの地方によって、目刺の干し方が違うんやないの？　作者の地元に行けば、ああ、これが、と納得の干し方をされているかもしれん。

口 夏 いちばん下はかなしいよ、と見ている作者の心が悲しいのかも。

季語に心を託し、季語に語りかけるように一句詠めば、悲しさも半分になる。

※17 釣りの楽しい思い出何もない
妹ローゼンは幼い頃より船酔い、車酔いがひどく、磯遊びやドライブの楽しい思い出は皆無。サーフィン、シュノーケリングでさえ波の揺れに酔う。父と釣りに行った思い出は、姉夏井の宝物である。

ロ

干物トークの最後に、「食べ物俳句シリーズ・干物編」！　どどーん
と、シシャモ四句！

これ以上子持てぬ子持ち柳葉魚の腹※18　夏井いつき

子をこぼしつつ炙りたる柳葉魚かな※19

ぱんぱんの柳葉魚の腹や如何にせん※20

子持ち柳葉魚炙れよ酒は合点ぢゃ※21

※18 これ以上子持てぬ子持ち柳葉魚の腹
季語「柳葉魚(ししゃも)」〈冬・動物〉

※19 子をこぼしつつ炙りたる柳葉魚かな
季語「柳葉魚」〈冬・動物〉

※20 ぱんぱんの柳葉魚の腹や如何にせん
季語「柳葉魚」〈冬・動物〉

※21 子持ち柳葉魚炙れよ酒は合点ぢゃ
季語「柳葉魚」〈冬・動物〉

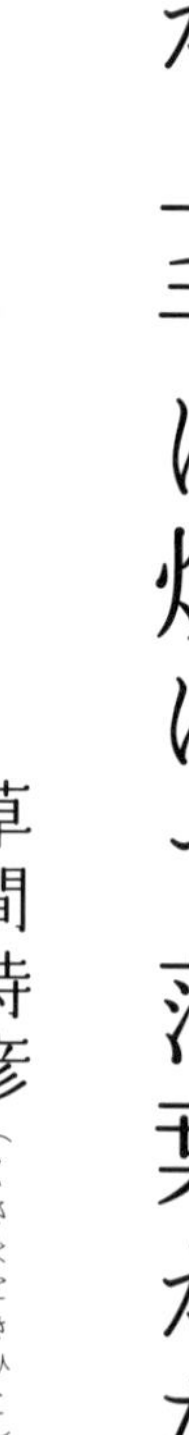

オムレツが上手に焼けて落葉かな

草間時彦（くさまときひこ）

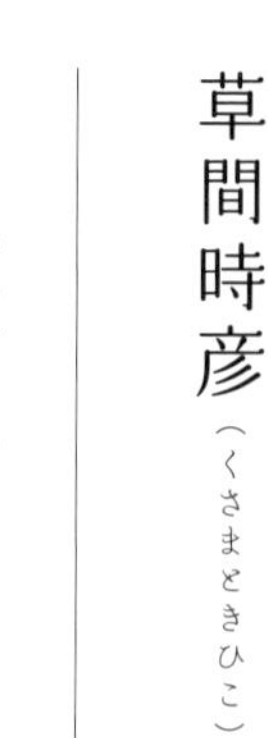

季語　落葉／冬・植物

秋に成熟し、紅葉した木の葉が枯れて落ちること。「枯葉」「落葉」どちらも冬の凋落（ちょうらく）した木々の有様を見つめる季語。道を埋める落葉も、川に浮かぶ落葉も、冬の懐かしい景物（けいぶつ）である。

山はもう冬。窓の外は落葉の渦。山荘に籠もり、オムレツを焼く。広がるバターの香。換気扇を廻し、森の動物を驚かす。屋根に落葉の降る音を聞きつつ味わう、孤独のオムレツ。

ローゼン夫婦の食卓①

夏　ああ、いい句。下五[※1]の変化球がたまらなくいい。

ロ　「オムレツ」と「落葉」は絶妙ですね。ローゼン家も富士山麓の山小屋暮らしなんで、この山の落葉を身近に感じます。そしてオムレツは、我が家の朝食の定番！

夏　ニックが焼くの？

ロ　私が焼いたら卵焼き、ニックが焼いたらオムレツ。

夏　何が違うの？　バター？

ロ　この句の作者、草間さんの本の中には「オムレツのコツは使い込んだフライパンと、上等で新鮮なバター」とあります。ニックは、オムレツ専用のル・クルーゼ[※2]って、高級フライパンを使ってるんだけど、私がそのフライパンで焼いてもやっぱり卵焼き。ニック曰く、ふつふつ泡だってくるバターの歌を聞いてから卵を割ること、素早く泡立て器で空気を入れながら卵をかき混ぜるのがコツだって。

夏　ニックのオムレツも美味しそう。この句は、色と匂いが鮮やか。鍋の中には卵とバターの黄色。オムレツの黄色から落葉の茶色へ、一句の底でイメージが混ざってゆく。

ロ　全く同感。このオムレツは、ハム、しめじ、トマトも入れた「スパニッシュ・オムレツ」と、草間さんは書いておられますが、事実はどうであれ、私にはプレーン・オムレツの黄色が見えます。

夏　事実よりも、詩的真実が勝つ。ローゼン家は、何オムレツ？

ロ　第1位は、茸(きのこ)オムレツ。椎茸(しいたけ)をバターでカリカリに焼いたのを内側

※1 下五の変化球
俳句の五・七・五の、はじめの五音を上五、真ん中の七音を中七、さいごの五音を下五と呼ぶ。上五、中七とすらすら読んできて、最後に意外な物が出てくる句を、くいっと変化球を投げられたようだという姉夏井のたとえ。

※2 ル・クルーゼ
フランスの"LE CREUSET社"製のキッチンウエア。特殊な複数層ホーロー加工の鍋やフライパンなどの特長は、熱が逃げにくく、焦げにくく、温度が下がりにくいこと。料理愛好家の間で親しまれている料理器具。妹ローゼンには、ル・クルーゼのダッチ・オーブンでパンを焼く夢がある。

にも包んで、外にも散らす。第2位は、アスパラオムレツ。第3位は、玉ねぎオムレツ。オムレツはニックが生まれて初めて、ニックのママから習った料理、おふくろの味の一つ。

夏 オムレツの他には？

口 次に多いのが、オートミール。「たよられてたよる齢の冬至粥[※3]　小林ふみ」が好き。共白髪（ともしらが）の夫婦が朝の粥を細々と啜り、髭に付いた粥を拭いてやり、落葉降る道を支え合い、犬の紐を引き引き、よちよち散歩する。理想の老後が今ここに。

夏 人と人とのコミュニケーションは、まさに頼られて頼るに尽きる。人を頼れなきゃ、いい仕事はできん。それが信頼ってもの。

口 お姉さん達は、朝ご飯ちゃんと食べてるの？

夏 青汁とヨーグルト。兼光さんは時々オートミール。

兼 平たい粒のオーツ麦のやけどね、食物繊維が豊富やから。

口 我が家はスティールカット[※4]オーツ食べてます。煮るのに時間がかかりますが、米粥や平たい麦粒粥みたいにべちゃべちゃにならず、ぷちぷちした食感で、癖になります。オートミール苦手な人も、これなら食べられるみたいですよ。

夏 アタシャ、お粥に牛乳かけるのがどうも。冬至粥は厄払いの食べ物でしょ、南瓜を入れて。アンタんとこはオートミールに何を入れるの？

口 バナナ、林檎、イチゴ、ブルーベリー、ラズベリー、桃。ニックはジャ

※3 たよられてたよる齢の冬至粥
季語「冬至粥」〈冬・人事〉

※4 スティールカットオーツ
オートミールは、オーツ麦（燕麦（えんばく））を脱穀し、平たく押し潰したり、2、3片に引き割りにしたりして、調理しやすく加工した製品。ローゼン家のお気に入りは、引き割りにした『Bob's Red Mill Organic Steel Cut Oats』。対談当時、コロナ自粛の運輸事情のせいか、アメリカからの取り寄せが滞っていた。

ムも入れる。パンケーキもフルーツを入れて焼く。ブロンクスの下宿でニックとルームメイトだった頃、バレンシア・オレンジをニックが毎朝搾って、私がブルーベリーを入れたパンケーキを焼いて……これが一生続くなら結婚してもいいと思った。今も続いてる。お姉さん達は、フルーツはちゃんと食べてる?

兼　すぐ食べられるフルーツ・セットを、楽屋に差入れしてもらうと嬉しい。ややこしい仕事の時に限って、フルーツ・セットが付きがちなんやけどね（笑）。

夏　フルーツは、兼光さんが剥いてくれたら食べる（笑）。

口　お互い、いい夫を選んだよ。※5「粕汁や夫に告げざることの殖ゆ　大石悦子」。そんないい夫に、隠し事ってありますか?

夏　隠し事は……うーん、無い。

口　へそくりも無いの?

夏　へそくれない。

兼　※6いつきさんの給料も、僕が決めてるから。

口　へそくり、ばれるね。私は、自分のバイト代は生活費にしないで、別口座へ。へそくりという名の老後資金。年金無いもん。

夏　アンタ、年金無いの?

口　アメリカに10年間住んでた分、日本の年金払ってないから。女性の平均年金が10万円くらいのところ、私は3万円くらい……。

夏　そうなんや……貯金しときよ。

※5 粕汁や夫に告げざることの殖ゆ
季語「粕汁（かすじる）」〈冬・人事〉

※6 いつきさんの給料も、僕が決めてる
兼光さんは、愛媛県松山市にある株式会社夏井&カンパニーの代表取締役。社長、プロデューサー、マネージャー、付き人の一人四役をこなす、家族会社の大黒柱。かつては、CMプロデューサーとして、「マロニーちゃん」（中村玉緒が出演するマロニーのテレビCMシリーズ）などを手掛けていた。

ロ　うん。へそくり頑張る。その他にも夫に秘密がある。ニックが一人でスキーやドライブへ行ってる時、卵かけご飯、インスタントラーメン、スパゲティナポリタンを隠れて食べる。サッポロ一番、チキンラーメン、カップ焼きソバ、を戸棚にこっそり祀(まつ)ってある、三種の神器みたいに。

夏　ニックはまだ生卵ダメなん？　日本に来て何年目？

ロ　今年の秋で移民10周年。日本の生食用卵は安全、と説明してもダメ。映画でロッキー※7が「やはりボクサーは命がけの仕事だ」って生卵飲んで精をつけるシーン見て、こわごわ見てた。納豆は、朝食バイキングで他の外国人に尊敬の眼差しで見られてから積極的に食べ出した。生卵も、観客がいれば飲むかもしれない。

夏　ナポリタンはなんで？

ロ　ケチャップを大量に使う料理禁止。パスタは、トマトを煮て作ったトマト・ソースのみ。同じくマヨネーズ大量消費禁止。マヨネーズをバナナに付けるの絶対禁止。

夏　旅行から戻ったら、マヨネーズが無性に食べたくなる。

ロ　なるよね？　茹で卵はマヨネーズで食べたいよね？　お好み焼きにマヨネーズとケチャップかけたいよね？　大体、お好み焼き自体が禁止。ソース味禁止。インスタント食品禁止。私が一番喜びを感じる隠れ食いは、インスタント焼きソバにマヨネーズとケチャップかけて、生卵つけて食べる。

※7 ロッキー
1976年のアメリカ史に残るスポーツ映画『ロッキー』の主人公。ジョン・G・アビルドセン監督。シルベスター・スタローン主演・脚本。

※8 まんぷく
2018年度後期のNHK連続テレビ小説。イン

夏 インスタント物はなんでだめなん？

口 ニックのママが、インスタント食品を一切食べさせなかった。昔のアメリカのインスタント食品は、今の日本のように美味しくも栄養も無かった。

夏 アタシは、NHKの朝ドラの『まんぷく』[※8]以来、チキンラーメンを備蓄している。チキンラーメン、インスタント味噌汁、インスタントお茶漬け、がアタシの二日酔いの朝の三種の神器（笑）。チキンラーメンは、小腹用と普通用と両方。カップのチキンラーメンは進化しとる。[※9]フリーズドライ卵が美味しくなっとる。

口 へえ！　私も『まんぷく』観てた！　ヒロインのふくちゃんを演じる安藤サクラ[※10]さん、大好き。『万引き家族』、感動した！　『紅白』[※11]の審査員に、ふくちゃんと一緒に選ばれて、いい思い出になったね！

夏 アンタの秘密は隠れ食いがせいぜいだけど、粕汁の句の「夫に告げざること」って何だろうと、好奇心をかきたてられる。濃厚な粕汁をどろりと混ぜながら、自分の心の中の重い渦も見て、それが「殖ゆ」だからねえ。

口 重くて暗い秘密。妻一人で抱え込んでいるお金の苦労かも。

夏 現実にどんな事情なのか知ることよりも、粕汁に込められた思いの深さを想像して共有したい。俳句にすると、確実にミステリーが殖ゆ！

スタントラーメンを生み出すため懸命に働き、生き抜いた日清食品創業者安藤百福とその妻、仁子の夫婦の物語。姉夏井は、朝ドラのファンで、仕事がない限り毎朝見ている。

※9 フリーズドライ卵 水分を含んだ食品や食品の原料を、マイナス30℃程度で急速凍結し、更に減圧し、真空状態で水分を昇華させ、食品中の水分だけを取り除いて乾燥させるフリーズドライ技術で作られた卵。

※10 安藤サクラ 女優。父は俳優の奥田瑛二、母はエッセイストの安藤和津、姉は映画監督の安藤桃子、夫は俳優の柄本佑、夫の父は俳優の柄本明という役者一族。2018年、『万引き家族』で第71回カンヌ国際映画祭パルム・ドール受賞。

※11 『紅白』の審査員 第69回NHK紅白歌合戦に、姉夏井がゲスト審査員として出演。審査員の中には、安藤サクラも。

いつきのまなざし 1

行きつけでなくなった店

旅の日々が多いが、食については保守的なので、各都道府県、各空港、各駅近辺で入る店はほぼ決まっている。新しい店を探すことも、メニューから何を選ぶかを考えるのも面倒なので、行きつけの店、いつものメニューが最も心落ち着くのだ。

とはいえ、致し方なく、行きつけでなくなる店も出てくる。10年以上通っていた長崎の小中学校での句会ライブ。いつも泊まる駅近ホテルのすぐ横にあった中華料理の『かたおか』。この皿うどんが好きで、滞在する2泊3日は一日一度、時には昼夜続けて食べに行ったものだ。

が、ある年、出向いてみると、不動産屋さんに変わっていてショックを受け

た。2泊3日の滞在中、諦めきれず何度も店の前に立ってしげしげと『かたおか』でなくなったことを惜しんでいたら、不動産屋のお兄さんが出てきて「何か物件をお探しですか」と声をかけられた。ますます情けなくなった。
『かたおか』なら別の場所にもありますよと教えてくれる人もいるのだが、いやいや、私にとってはあの場所にある『かたおか』が大事だったのだ。職業旅人にとっての行きつけの店とは、そういうものなのだよ。

パンにバタたつぷりつけて春惜む

久保田万太郎（くぼたまんたろう）

季語　春惜しむ／春・時候

惜春（せきしゅん）。過ぎ行く春への愛惜、哀感のこもる季語。「行く春」がまさに尽きようとする晩春を指すのに対して、春の華やぎを惜しむ心の動きに焦点を当てた季語。

晩春の朝の食卓。焼き立ての香ばしい茶色のパンに、ゆっくりとバターを塗る。みるみる溶けてゆくバターの黄金色と芳醇な乳の香。過ぎゆく春の色と香が心にもたっぷりと溶けてゆくのを感じつつ、パンに歯を立てる。

ローゼン夫婦の食卓②

口 新型コロナ感染防止自粛中、我が家の食卓もずいぶん変化がありました。まず、家で粛々とパンを焼き始めました。

夏 全国的にもパン作りが流行ったみたいやね。お母さんと子どもが家にこもって、粛々とパンを捏ね、クッキーを焼き、ホットケーキを焼き。

兼 そういえば、小麦粉類が、棚でよう売り切れてたな。

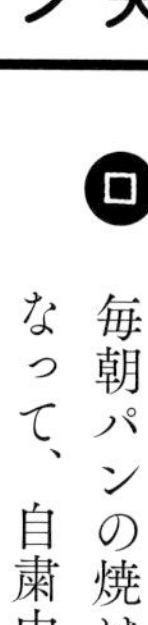

口 毎朝パンの焼ける時刻に、オギノ※1へフランスパンを買いに行けなくなって、自粛中はまとめ買いを心がけてたから、仕方なく自分で焼き始めました。今になってみると、それがよかった。

夏 食パンを焼くの？

口 最初は、「ほったらかしパン※2」から始まって、今はサワードウブレッドを焼いてます。

夏 料理本を見て？

口 いやいや、それがYouTubeなの。『はるあん※3』の料理チャンネルを見て、ほったらかしパンを焼いてみたら、簡単で美味しかった！

夏 はるあんって、ひらがな？ 名前が美味しそうなのがいいね。春の餡。

口 はるあんは、まだ二十歳くらいの学生料理研究家。お嫁さんにしたいユーチューバーNo.1！

夏 アタシは「ユーチュー婆※4」って呼ばれている。ユーチューバー（爆笑）！

口 あ、見た見た。あれ、おもろいね。誰が考えたの？

夏 コメント欄に、ユーチュー婆、って誰かが書き始めて、いつしかそう

※1 オギノ
山中湖唯一の大型店舗スーパー。敷地内にはローゼンの好きな100円ショップ（Seria）もある。

※2 ほったらかしパン
5つの材料（強力粉、水、ドライイースト、塩、砂糖）を混ぜて、ざっくり捏ねて、冷蔵庫に入れてほったらかし、翌日焼くだけ。パン初心者にオススメ、失敗なしの簡単美味しいパン。

※3 はるあん
料理好きが昂じて、高校時代から自作料理をYouTubeに投稿開始。お家ご飯から、おもてなし料理、夜食、おやつ、スイーツまで、幅広いレパートリーを持つ。ほんわか笑顔とのんびりトークに癒やされる。

※4 ユーチュー婆
YouTube『夏井いつき俳句チャンネル』での姉夏井のニックネーム。

呼ばれていた。

ロ　いつしか自称していた（笑）。『夏井いつき俳句チャンネル』[※5]も、コロナ自粛があったからこそ、今のタイミングで始まったのよね？

夏　最初は、観客も生徒もなくて、こんな小さなカメラに向かって喋るのに違和感があったけど、この向こうにたくさんの人がいる、という感覚を持てるようになってから、俄然楽しくなった。

ロ　お姉さん達のYouTubeも自宅で親子でのんびりやってる雰囲気がいい。笑いころげつつ俳句に興味が湧いてくるのが『プレバト!!』[※6]なら、じわじわ確実に俳句が身につくのが『俳句チャンネル』。毎朝お化粧しながら見てます。

夏　その、サワー何とかってパンは美味しいの？

ロ　サワードウブレッド。ふわふわした日本の食パンの対極にあるような重いどっしりとしたハードパン。ヨーグルトとライ麦粉と水で発酵するから、酸っぱくて風味と噛み応えがある。食べ慣れると、普通のパンが無味無臭に感じる。日持ちもする。実際に手で捏ねて、発酵の時間を待っていると、パン作りの歴史が実感できる。「フランスパンの空洞きよらかなりノエル　池田澄子」[※7]。この「空洞」とはパンの中で膨らむ気泡。ほんとに清らか。聖夜の句として素晴らしい！　焼きあがったパンを抱いた瞬間、美味しいとわかるんです。パンのお尻を叩くとぽんぽん返事をする。こだまが響く。パン種って粉と水を与えないと死んじゃうから、ペットみたいに愛おしい。

※5 夏井いつき俳句チャンネル
姉夏井が公式で始めたYouTube番組『夏井いつき俳句チャンネル』。長男正人との母子トークが大好評。視聴者からの質問に答えたり、俳句をわかりやすく解説したりする。

※6 プレバト!!
「芸能人の才能を査定する」企画のバラエティ番組。姉夏井は、人気コーナー「俳句の才能査定ランキング」にレギュラー出演している。

※7 フランスパンの空洞きよらかなりノエル
季語「ノエル」（冬・人事）
※フランス語でクリスマスの季節や歌（クリスマス・キャロル）のこと。

夏 もうペットは、一生パン種でええよ（笑）。

ロ 将来、グループホームに住んで、ペットNGになったら、パン婆さんになる！　「ぞくぞくと老婆パン買ふ西日かな　小池文子」[※8]。パリの街角の日常風景。標題の万太郎の句もフランスパンぽい。バターと言わず、バタ。太宰治の小説『斜陽』の「グリンピイス」の「スウプ」的なお洒落な古風さ。

夏 春惜む、の季語に対して、バタ、がいい。ジャムだったら、ほんの少し甘すぎる。それで思い出したけど、専門家が子規さん[※9]の病床の献立を分析したら、足りない物が脂質だったという話を聞いた。

ロ 脂質は三大栄養素の一つだから大切です。子規さんもパン好きだった。『仰臥漫録』[※10]に（と、文庫本をめくる）、「ねじパン形菓子パン」って出てくるの、揚げドーナツかと思ったけど……違う。今見ても揚げ物メニューが見当たりません。さしみ、煮豆、焼き茄子、小松菜おひたし、純和風おかずのみ。葡萄酒は飲んでるのに。

夏 明治時代、油は高価で、庶民の口には中々入らなかったのか。バターなんて、洋風の憧れの食材だったのかもねえ。

ロ 自粛中の我が家のもう一つの大変化はまさにそれ。揚げ物解禁になった！

夏 なんで揚げ物いかんかったん？

ロ 揚げ物をすると、家中がフライドチキンの厨房みたいな匂いになるから嫌だって。フライドチキンは好きなのに。

※8 ぞくぞくと老婆パン買ふ西日かな
季語「西日」〈夏・天文〉

※9 子規さん
明治を代表する俳人・歌人・国文学者。松山市生まれ。結核を患い、「啼いて血を吐く」イメージから子規（ほととぎす）の俳号をつけた。俳句・短歌の革新を行い、高浜虚子、伊藤左千夫などの俳人・歌人を育成した。現代俳句の父、正岡子規を、松山人は親愛の情を込めて「子規さん」と呼ぶ。

※10 仰臥漫録
正岡子規晩年の随筆。三度の食事がつぶさに記録され、食に対する執念、その結果の病状や服薬記録などが赤裸々に描かれている。

夏 へええ。さっちゃん[※11]が汗をかきかき、せっせと揚げてくれると、家中ぷうんといい匂い。「あ、今日は揚げ物！」とわかった瞬間、アタシャ幸せになれる。

ロ ニックは、松山空港のマドンナ亭[※12]のかき揚げうどんが好き。松山レッスン[※13]に帰れなくなり、うどん恋しさに、自宅で揚げ物ＯＫになった。

夏 マドンナ亭と同じくらいのお味？

ロ それは無理。自粛中はニックの信念も変わった。「Better than nothing（無いよりはまし）！」コップの水がもう半分と思うか、まだ半分と思うか、というアレ。

夏 こんなかき揚げうどんしか食べられないと思うか、こんなかき揚げうどんでも食べられるのはシアワセ、と思うか。

半分のあんパン春分の暗算[※14]　夏井いつき

※11 さっちゃん
兼光さんの妹。夏井＆カンパニーの母であり、食堂のシェフ。姉夏井は出張から戻り、松山オフィスに顔を出し、「さっちゃんご飯」を頂くのが、何よりの元気の素。

※12 マドンナ亭
松山空港にあるうどん処。ニックは、マドンナ亭で「初立ち食いうどん」を経験。今ではチェロを背負ったまま、さっと立ち寄り、つるつるとうどんを啜り、ごちそさん、と言って去る粋なコツを覚えた。

※13 松山レッスン
ニックが松山で教えるチェロ教室。姉夏井が道後に開いた句会場「伊月庵」などで、月1回3日間のレッスンを開催（コロナ自粛中はSkypeレッスンのみ）。

※14 半分のあんパン春分の暗算
季語「春分」〈春・時候〉

おでんやを立ち出でしより低唱す

高浜虚子（たかはまきょし）

季語 おでん／冬・人事

鰹節と昆布の出汁に醤油・砂糖などで味を付け、多種の具材を煮込み、辛子や辛子味噌にて食す。熱燗とおでんを味わう屋台は冬の風物詩。コンビニの店頭にも四角いおでん鍋が見られる。

おでん屋の湯気の中から腰を上げ、暖簾をくぐり外へ歩きだす。酒とおでんで温まった満腹の身が頼もしく、冬空を見上げると星が瞬く。思わず口をついて得意の歌が出る。大声では歌わぬが、隣を歩む気の置けない友がつられて歌い出す。

日常の外食、おでん

夏 ニックは、おでん屋さんには一人で行くんだったよね？

口 山中湖にはおでん屋さんないけど、松山にいた頃、日本語学校の帰りに自転車で行ってた。おでんは、黙ってこれとこれ、と指させばいい。好きなネタを自分で掬う（すく）のもいい。星乃岡温泉[※1]のおでん、赤丹[※2]のおでん、瓢太[※3]のおでん、福音寺でんこ[※4]のおでん。

夏 でんこは、アタシらも行った。ニックとでんこのママが狭い店内で顔を付き合わせてどんな会話していたのかねえ（笑）。

口 私がいないと、頑張って日本語を話すらしいよ。おでん屋さんのカウンターでスポーツ中継を見て、隣の人と肩組んで、君が代も斉唱したらしい。でたらめの歌詞だけど、うまいうまいと、店中が大拍手してくれた。国歌斉唱のコツは、母音で歌うこと。「♪い〜い〜、あ〜あ〜、お〜お〜、あ〜〜〜♫」って、ビブラートかけて朗々と歌うと、いかにも厳粛に聞こえるんだって。

夏 ニックは人に好かれるのがいい。虚子の句もいい。低唱す、が何ともいえんよろしさ。

口 ほろ酔い加減でニックが歌うのは、ミュージカル『マイ・フェア・レディ』の『Why Can't The English?』[※5]。アメリカ人はライムという脚韻（きゃくいん）を踏む言葉遊びが大好き。普段の会話でも隙あれば韻を踏んで遊ぶ。

夏 早く日本語うまくなって、俳句で韻を踏んでくれ。

口 お姉さん達は、隣のお客さんと話したりする？

※1 星乃岡温泉 松山市内の星岡山の麓に湧出する良質な源泉から汲み上げる温泉。かつてローゼン夫妻が、星乃岡温泉の向かいの借家に住んでいた頃は回数券を常備し、毎朝毎晩揃って浴衣がけで温泉三昧していた。

※2 赤丹 松山市駅前で戦前から営業していた。女将さんがにこにことよそってくれるおでんは絶品。ニックが「おでんください」と立ち寄ると、カウンターを回って出てきてハグしてくれた。

※3 瓢太 松山の繁華街三番町の外れにある中華そばとおでんの居酒屋。中華そばは、愛媛ならではの甘みとコクのあるスープ、極厚の焼き豚が特徴。

※4 でんこ 松山市の居酒屋。メニューの一つ、かめ風焼きそばは、松山人が言い伝える昭和創業の食堂「かめ」（現在閉業）の人気メ

夏 今は社会的距離を置いているから別やけど、前は、酔っ払ったら、ついつい話しよったね。アタシが初めておでん屋に行ったのは、京都女子大[※6]の体育館の裏にある馬町という所。バレー部は人数揃わんと練習にならんから、授業はさぼってもバレーは行っとった。練習後、キャプテンに連れられて行ったのが馬町のおでん屋。みんながお母さんと呼んでいる、京都弁の折ったら折れそうな婆さんが居て、働かない旦那が裏の方にちょこっと座ってて、大人の世界ってこういうふうなんやと、学んだ場所がおでん屋だった。

口 一人でおでん屋さん入れる？

夏 入れるよ。今は兼光さんと一緒やけど、それまでは一人旅の時期が長かった。初めての街で仕事を終えて、ご飯食べる店を探して、ビールの一杯も飲まんと明日の活力が生まれんぞと、一軒、一軒、店構えを見て空気を感じて、当たり外れを学んでいった気がする。

口 かっこいい！『孤独のグルメ』[※7]の五郎さんみたい！

夏 今は兼光さんと二人で知らない街を歩いて、大体（意見が）合致しますよね？　ここはいいんじゃないって所と、ここは危ないかなって所と？

兼 匂いがあるから。でも時々、失敗しましたねって、一杯飲んで、一口つまんで、お口直しにもう一軒、ということもある。

口 私が一人で入れる店は鰻屋だけ。次女まあちゃんと東京で会う時は、ファミレスかカラオケ。どちらも予約なしで席が確保できて、メ

ニューから。

※5 ライム
韻を踏むこと。英語のライムでは、母から子に歌い継がれる『マザーグース』が有名。

※6 京都女子大
姉夏井は、同大学の文学部国文学科卒業。バレー部に所属していた。

※7『孤独のグルメ』の五郎さん
『孤独のグルメ』は、原作・久住昌之、作画・谷口ジローによる漫画。テレビ東京系にてドラマシリーズ化。俳優の松重豊が演ずる、主人公・井之頭五郎が、仕事の合間に立ち寄った店で食事をする様子を淡々と描く。

ニューが豊富。ニックとは食べないピザや焼きソバやタコ焼きをつまんで、ドリンクバーを頼んだら最強！

口夏

コロナ終わったら、道後温泉にまあちゃん連れておいでや。まあちゃんと浴衣着て、ハイカラ通り※8歩いて、本館前の麦酒館※9で焼き鳥丼食べてマドンナビール※10飲みたい。鰻も食べたい。そうだ、松山の鰻といえば……。

兼夏

それはもうねえ、アタシらの行きつけの七楽※11の鰻が一番美味い！焼き方が違う。関西風だから、関東風じゃないから、皮がパリッとしてる。いつもね、1匹の鰻の半分を白焼きで、半分をタレで、ハーフアンドハーフってお願いする(笑)。

夏口

くわーっ。七楽の鰻めっちゃ食べたい！
七楽とも偶然出会った。街を歩いてて、吟行がてらの散歩が長引いて、お腹は空くし、喉は渇くし、もうどこでも入ろう、と裏道に入ったら目の前に灯りが見えて、からからと扉を開けたら、大将と女将さんが、ええっとか、ああっとか叫んで、「うちも内海村※12です」って。同郷の人のこんな美味しいお店が、こんな近くにあるとは知らんかった。
七楽は、キビナゴ※13も美味しい。東京の居酒屋でもキビナゴがメニューにあったら頼むけど、新鮮さが違う。色が違う。ほら、昔の家で、「キビナゴとれたけん」って笊(ざる)一杯もろうとったやん。とれたて食べると美味しいけど、作るのが面倒い。数が半端じゃないけん、1匹ず

※8 ハイカラ通り
駅から道後温泉本館まで続くアーケード型商店街。土産や名産、地元の味が楽しめる。

※9 麦酒館
道後温泉本館を出てすぐの店。道後地ビールを、愛媛の味覚「てんぷら」こと、じゃこ天と共に楽しめる。

※10 マドンナビール
水口酒造の道後ビールは、通称、坊っちゃんビール、マドンナビール、のぼさんビール、漱石ビールの4種類。お酒に弱い妹ローゼンは一杯だけなら赤い色の美しいマドンナビールを選ぶ。

※11 七楽
昼は鰻専門店。夜はその日一番美味しい旬の酒肴を味わえる居酒屋。魚介類の新鮮さと、肉料理の本格さは評判。

※12 内海村
夏井・ローゼン姉妹の出身地。2004年、愛南町に合併。

つ1匹ずつ手で裂いて、頭と骨とはらわた取って開いて、大皿に並べてポンと出したら、あっという間に無くなる。精[※14]が無いなあ、と思いよったねえ。

あ、鰻で思い出した。こないだ、『プレバト!!』の収録が再開してね。楽屋に入って、まずお弁当食べるところから始まるんやけど、「今日は久しぶりですから、お弁当も豪華にしました」って。

円楽さんにも美味しい鰻を差し入れてもらったこともあったけど、楽屋の鰻は必ず旨い！　楽屋のお弁当が不評やと、あと大変なんやって（笑）。

口　うほーっ！　楽屋行きたい！　9月に道後俳句塾[※15]へ行ったら七楽で鰻食べたい。ハーフアンドハーフ、プリーズ！

夏　ニックは、鰻は？

口　味は好きみたいだけど、「鰭（ひれ）と鱗（うろこ）を両方持たない魚を食うべからず」というユダヤ[※16]の食の掟に反するから葛藤がある。罪悪感もあり、禁じられた物を食べる喜びもあり。

フェイスブックに、ベーコンや伊勢エビや鰻を美味しそうに食べてる俺の写真は載せてくれるなって。じゃ不味そうな顔で食べなよ、って喧嘩になった。

夏　鰻には背鰭がある。鰭の串焼きも美味しい。聞くところによると、見えないけど鱗もあるというよ。教えておあげや。あんなうまいもん、食べられんのは可哀想。

※13 キビナゴ
ニシン目・ニシン科の小魚。刺身、煮つけ、塩ゆで、天ぷら、唐揚げ、南蛮漬けなどで食する。

※14 精が無い
懸命に働き、仕事に励んでもやりがいがないこと。

※15 道後俳句塾
俳人、宇多喜代子、黒田杏子、松本勇二、夏井いつき各氏による勉強会。姉夏井もたじたじとなるほどの宇多・黒田両先生の自由闊達・熟練の毒舌に、場内爆笑の渦。

※16 ユダヤの食の掟
ユダヤ教では、聖書『トーラー』に書かれてある「不浄な食物」を食べることを禁じている。「反芻し蹄の分かれている動物は清浄、反芻するのみか、蹄が分かれているのみの動物は不浄」、「鰭と鱗を両方持つ生き物は清浄、鰭と鱗の両方を持たない生き物、地を這う生き物は不浄」など。

ロ　何度教えても、固定観念[※17]が邪魔する。国際結婚のハードルには、互いの国の固定観念の違いもある。生卵食べる食べない、家の中で靴履く履かない、みたいに。

夏　違いがあるのも面白い。ハードル飛び越えてゆく楽しみもある。いつか晴れて鰻を食べられる日が来るといいねえ。七楽にまた一緒に行こう。

ロ　うん。我が家は普段外食しないので、松山で外食するのが唯一の楽しみ。では、恒例の「食べ物俳句シリーズ・おでん編」で〆ます！

おでん煮えてます紅白始まります[※18]　夏井いつき

おでん匂わせぎゅうぎゅう詰めの立飲屋[※19]

※17 **固定観念**
人が何らかの考えや観念を強く持つ時、その考えが明らかに正しくない点を他の人が説明・説得しても、当人がその考えに固着して、改めることの無い観念を指す。

※18 **おでん煮えてます紅白始まります**
季語「おでん」〈冬・人事〉

※19 **おでん匂わせぎゅうぎゅう詰めの立飲屋**
季語「おでん」〈冬・人事〉

第 2 章

旅の食卓

避暑にあり温泉卵攻めにあふ

大石悦子（おおいしえつこ）

季語 **避暑／夏・人事**

都会の暑さを避け、高原や水辺に涼を求めること。「避暑たのし足りなきものは隣より　星野立子」[※1]の句のように、別荘の近所には気軽さがある。

避暑に来て温泉で汗を流せば、温泉卵に温泉団子が美味しい。湖畔のボート遊び、小さな滝に涼んだ後、夕の御膳は湖の鰻に温泉卵。山荘に戻ると、お隣から温泉卵の差入れが。しまった。温泉卵が美味しくて、つい買い込んでしまったのに。

温泉卵・ワイン・骨髄焼

口　今日、お向かいの犬友ハッピーちゃんの山荘に夏休みで来てるお孫さんと、うちの庭で一緒に草イチゴを摘んだの。小学校の夏休みの宿題に、「野イチゴでジャムを作ろう」って、可愛い自由研究をやるんだって。イチゴは熟れて落ちかけだったからちょうどよかった。一人でイチゴ摘んでも面白くない。子どもさんと一緒なら楽しさ100倍。笊一杯とれて超ハッピー！　溶岩石という黒い石がころがる庭の草の間に真っ赤なイチゴを摘んでると、「死火山の膚つめたくて草いちご[※2]　飯田蛇笏（だこつ）」が、実感できるの。

夏　道後の句会場、伊月庵の庭のイチゴもたくさん生った。孫達が来ては採って食べている姿を見るのが好き。この句は、温泉卵が好きだという作者のために、周りのみんなが気を利かして温泉卵を頼んでいたんじゃないかと思う。最初は喜んで食べていたのが、夕飯時になるともう勘弁してくれ、となった。卵攻めというからには、一ダースは食べたに違いない（笑）。

口　ちなみに、ニックは温泉卵を自分で作ってます。ポーチドエッグはトーストした自家製パンに載せて、エッグベネディクトにする。温泉卵はグリーンサラダに入れて混ぜる。どっちも似たような作り方で、超簡単。ニックは卵料理が得意。

夏　生卵まであと少しじゃないですか（笑）。温泉といえば、NHK[※3]の収録やっとった時、壇蜜[※4]ちゃんと温泉の話で盛り上がった。

※1 避暑たのし足りなきものは隣より
季語「避暑」〈夏・人事〉

※2 死火山の膚つめたくて草いちご
季語「草苺」〈夏・植物〉

※3 NHKの収録
コロナの影響で変化した「新しい日常」をテーマに募集した俳句を、夏井いつきと壇蜜が読み味わい、自粛生活の中で、前向きに生きるヒントを見つける番組『夏井いつきと壇蜜の 新しい日常×俳句』。二人はNHK『俳句王国がゆく』のレギュラーとしても共演。

※4 壇蜜ちゃん
29歳でグラビアアイドルデビュー。2013年『甘い鞭』で日本アカデミー賞新人俳優賞を受賞。『壇蜜日記』など著書多数。

ロ　壇蜜はやっぱ綺麗？

夏　うん、かしこくて綺麗。アタシャ、なんか趣味無いんですか？　と聞かれたら一応、温泉です、と答えている。趣味温泉。

ロ　ちょーっとニュアンス違うんじゃないすか？　壇蜜の趣味温泉と、夏井いつきの趣味温泉は。

夏　なんで？

ロ　やっぱヴィジュアル違うっしょ。お姉さんの温泉は治療系、壇蜜は美容系（笑）。

夏　実際そうなんよ。何年も前から坐骨神経痛が出ていて、鍼に行ったり、整体に行ったり。坐骨神経痛の句を句会に出したら、その後で、お於（ろく）さんという句会仲間が来て耳元でごしょごしょと、「神経痛は電気風呂がいいですよ」って。で、星乃岡温泉[※5]の電気風呂にかかってみると確かに楽になる。1回行って、2、3日おいて、また行くと、痛みがずいぶん取れる。整体の佐々木先生[※6]にも、「死ぬ病気やないけん」と言われる。

ロ　ニックは愛媛に住んでた頃、星乃岡温泉に毎日通ったおかげで、日本の温泉マナーを完璧に身につけた。最初に入った時は、掛かり湯をざあざあはね散らかして、背中が真っ青な人に、「こらあっ」と、怒鳴られたこともあった。その人、子連れだったらしい。

兼　こらーって見たら外国人やったら、向こうもちょっとビビるかもなあ（笑）。

※5 星乃岡温泉
第1章『日常の外食、おでん』※1P42参照。

※6 佐々木先生
知る人ぞ知る、愛媛のカリスマ整体師。姉夏井とは俳人になる以前からの長年の付き合い。佐々木先生は夏井を「いっちゃん」と呼び、自分自身を「おいちゃん」と呼ぶ。ニックの身体に触れただけで天真爛漫な人柄が伝わるという。マッサージローラーを使うとニックがゲラゲラ笑って喜ぶのでわざと使っている場面を、妹ローゼンはよく見かける。

夏 温泉どころに仕事で行ったら、アタシは必ず入る。女湯の空いている時間帯は、朝ドラの時間。朝ドラを諦めても温泉を取る（笑）。1週間ごとに旅に出る生活だから、朝ドラを1週間見ないうちに、ありゃ、もう子ができとる、なんてことがある。コロナ自粛で、初めて連続して朝ドラを見た。

口 連続テレビ小説を連続視聴できないのは辛い。コロナにもいい面があったね。

夏 北陸で一番広い露天風呂へ入ったことがある。さっちゃん[※7]と一緒に入ったの、どこの温泉やった（と、兼光さんに聞く）？

兼 あれは、石川県の辰口温泉[※8]。小松空港から車で30分くらいかな。

夏 隠れ家みたいなちょっといいお宿を兼光さんが取ってくれて、男女混浴の露天風呂どうですか？　なんて言われた時は、冗談じゃないよ、人に会わないために、ゆっくり過ごしに来とんのに、なんでわざわざ混浴になんぞと思ったけど、その次に、さっちゃんと3人で蟹食べに行った時は、日程が割とゆったりしてたんかな。さっちゃんと一緒ならばと、貸し切りのマイクロバスに二人で乗って、元々田んぼがあったような、だだっ広い所で、ゴム付きバスタオルをバチンと止めて、混浴に入ってみたら、誰一人いなかった。途中から男の人が一人二人は来たけど、さっさと出ていった。ああ、孫達引き連れて家族で来たら楽しいねえなんて、さっちゃんとのんびり喋った。兼光さんは温泉あまり好きじゃないから。

※7さっちゃん
第1章『ローゼン夫婦の食卓②』※11P40参照。

※8辰口温泉
石川県能美市（旧辰口町）にある温泉。1400年の歴史を持つ、金沢から一番近い温泉地で、肌にやさしい美人の湯として親しまれてきた。たがわ龍泉閣の「田んぼの湯」は、北陸最大級の混浴露天風呂で、田んぼの真ん中から湧き出た源泉を利用。南に白山を望み、田園風景が楽しめる6つの露天風呂。

ロ ニックは露天風呂大好き。長野のスキー宿で、紙製の水着を着て、長い長い外廊下をがたがた震えて、雪の降る中を延々と歩いて混浴に入ったら、若い娘を見に来た爺さんしか居ない。たいがい爺さんか猿しか居ない雪国の露天風呂（笑）。今度お盆の上に徳利（とっくり）と盃（さかずき）載せて、お月さん見て、露天風呂で一杯っていう体験をニックにさせてやりたい。
温泉ではやはり日本酒？　お姉さん達はひれ酒が好きでしょ？　家でもやってたよね、小皿で蓋して。

夏 東京の出版社の社長が築地のふぐ専門店に連れてってくれて、仲居さんが来て目の前で作ってくれたひれ酒を飲んで思った。今まで飲んでたひれ酒は、ひれ酒じゃなかった、と。普通の居酒屋のひれ酒は、ひれ炙りました、酒沸かしました、じゅっ、で終わり。アタシゃ、ひれに火をつけないで、アルコール飛ばさないで、と思ってた。ところが、仲居さんが火を付けたひれを酒の中で上げ下げすると、いい具合にお酒が、かぐわし〜くなる。

兼 特大のひれをたくさん入れるから味が濃い。普通は1枚か2枚やけど、ふぐ専門店だから、いくらでもひれがあるんやろな。白子を潰して、まろやか〜にお酒と混ぜた白子酒も濃厚で美味しかった。

夏 体中の血が動き出すくらい濃厚。白子自体は淡泊なのに、酒が濃厚になる。

ロ ※9「鰭酒の鰭を食べたる猫が鳴く　岸本尚毅」。ひれだけでも猫にはご

※9 **鰭酒の鰭を食べたる猫が鳴く**
季語「鰭酒（ひれざけ）」〈冬・人事〉

馳走なのに、ひれ酒のひれとは豪勢な。艶やかな鳴き声を想像すると可愛い。濃厚と聞いて思い出す味が、ポーターハウス[※10]というステーキ屋さんで飲んだ骨髄(こつずい)ステーキ。

飲んだ?!

口夏

そう。バーでカクテルを飲みながら、ボーンマロー[※11]という牛骨輪切りを焼いた皿を頼み、小さなスプーンで中の骨髄をトロトロ掬って飲む。一啜りが激烈に濃厚で、ニックと二人で骨2本ずつくらい飲んだ後は、T[※12]ボーンステーキ一人前を半分こする。赤ワインをボトルで、付け合わせは、ほうれん草とベイクドポテト。

どんなワイン?

口夏

濃厚な肉料理には濃厚なカベルネ・ソーヴィニヨン。それ以外の肉料理に何でも合うのがメルローと、私は覚えてる。ステーキ屋さんでは、ボルドーの赤かナパ・ヴァレーのカベルネが好きなんですが、予算はこれこれです、とぶっちゃけ告げて、似たようなチリワインなどを選んで貰う。女子会とかでは予算内ワインをボトルで2、3本頼むから、本物の高級ワインをグラスでおまけに出してくれたりする。気取ってないで、ソムリエと仲良くなると得をする。ソムリエもそれをやると得をする。女子会の中でも金持ち女子はダンナと二人でまた来た時、「あの夜のナパのグラスワイン美味しかったぁ。ねえ、あれをボトルで頼んでもいーい?」とか頼んだりするから。ニックの好きな白ワインはピュリニー・モンラッシェ。でも高いか

※10 ポーターハウス
Porter House Bar & Grill。マンハッタンのセントラルパーク南西、コロンブス像を中心としたコロンバスサークルに面した、タイムワーナーセンターの4階にあるステーキハウス。同じフロアに人気のフレンチレストラン「Per se」、NY一高い寿司「MASA」なども入っている。

※11 ボーンマロー
骨髄(bone marrow)。現在では、ラーメン等の煮込みスープのベース、フランス料理のスープやソースに用いる他、大腿骨などを切りオーブンで焼いてプディングの様に掬って食べる。

※12 Tボーンステーキ
T字形に骨のついたステーキは、ポーターハウスのシグニチャー(名物料理)。「ポーターハウス」とは肉の部位の名称であり、骨を境に分かれたフィレとストリップの内フィレの部位が3分の1以上ある場合にポーターハウスと呼ばれる。

ら、葡萄の味が濃厚なシャルドネの手頃なのを選ぶ。私は酸味爽やかなソーヴィニヨン・ブラン。どっちも辛口だけど違う味。お姉さん達の好きな地酒の銘柄は何？

夏 何と聞かれても……当地一番のお酒です、ともてなされ、例えば菊姫を二晩飲んで、ああ美味しいと、次の土地へ行ったらまたご当地一番の地酒を二晩飲んで、ああ美味しい。どこへ行ってもご当地一番が出てくると、どれも美味しいだけに、一本一本の印象が残りにくい。ああこれは水みたいに飲んでしまうタイプね、ちょっとこれは今日の気分じゃないかなとか、その程度、アタシャ。あのね。お酒の銘柄にこだわりがあると勝手に思われているのは迷惑（笑）。こだわりは全く無い。今日のお酒は口に合ったな、その時食べている物にもよるな、くらい。道後に笠組があった時には今治の山丹正宗[※13]を飲みよったよ。ダリア[※14]さんお勧めの酒。お酒のチョイスはシンプル2択。日本酒は冷やですか、熱燗ですか？　ワインは赤ですか、白ですか？　焼酎はロックですか、お湯割りですか？

ロ そう言えば、兼光さんがお姉さんに2択で聞いてる場面をよく見かける。で、このワインは美味しいとかそうでもないとかフィードバックして、次回は兼光さんが自動的に銘柄を選んでくれる？

夏 ワインは、「ああこれ美味しい」と言うか、黙って飲むか。渋い時には黙って飲む（笑）。

※13 山丹正宗
1831年（天保2年）愛媛県今治市に創業した醸造元八木酒造部。地元の酒米や減農薬米を用い、西日本最高峰石槌山に連なる四国山脈からの清冽な伏流水で醸造する。銘柄の由来は、創始者八木治兵衛の出身地に因んだ屋号「丹波屋」と、名刀「正宗」の切れ味にあやかったと伝えられる。独立行政法人酒類総合研究所主催の全国新酒鑑評会の最優秀の金賞など受賞多数。

※14 ダリアさん
俳号松本だりあ。姉夏井とは、「藍生（あおい）」の仲間として出会う。「いつき組」最古参にして、今治三日月句会の母。

口 わはは。渋いワインってのが、相当高級ワインなんじゃないの？ 兼光さんのワインコレクションはいかがですか？ ちょっとは減ってきた？

兼 うちの日本酒はほとんどがもらいもんで、旅のマイレージの使い道がワイン（笑）。最近は旅行が減ったから、ワインも徐々に減ってきてる。

口 コロナ自粛の間に全部飲まないでください！ そのうちニックとワイン飲みに松山に帰りますから。ジョニー[※15]さんとも道後で一緒に飲みたい、文学と音楽の話で。

[※16]白ワイン煮込み霜夜の窓くもる　夏井いつき

※15 ジョニーさん
道後伊月庵の庵守。俳句集団いつき組組員。俳号南行ひかる。松山市のワイズカフェにて、ジャズボーカルのステージと俳句入門句会を開催している。音楽好きで英語が堪能なので、ローゼン・ニックの話し相手になってくれる。

※16 白ワイン煮込み霜夜の窓くもる
季語「霜夜」〈冬・時候〉

阿波野青畝（あわのせいほ）

季語　塩汁鍋（しょっつる）／冬・人事

秋田の名物料理。鰰（はたはた）など旬の魚介類を、豆腐や葱などと煮込む鍋料理。塩汁（しょっつる）は、魚に塩をかけ麹漬けにして発酵させた上澄みをとった調味料。はまると癖になる風味と旨みがある。

しょっつるの香りと湯気の立ち籠める部屋。ふつふつと煮えたぎるしょっつる鍋の中で、鰰が躍っている。豆腐も、長葱も、白滝も躍っている。ホタテガイはふらふらしている。地酒にほろ酔い心地の箸もつられて、ふらふらと楽しくなる。

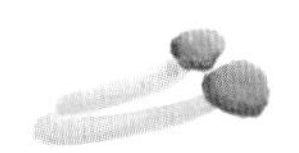

なれずし・くさや・鮒

夏 箸楽し、と一言には言えない、箸を付けるのにちょっと勇気の要るご当地名物もある。例えば、句会ライブにお邪魔した小学校の副校長先生なんかが、魚介の美味しい店に招いてくださって、半分にやにやしながら、「これは食べられないでしょう」とか、「うちの名物なんですがね」なんて前置きをして出される名物(笑)。例えば琵琶湖[※1]のなれずしとか、伊豆大島[※2]のくさやとか。そう言われて食べないわけにもいかん。隣を見れば、副校長の息子の小学生がムシムシ食べている。すげえ、と思い、アタシも箸を取って一口。その瞬間、「どうですか?」「食べられますか?」とすかさず聞かれる。その丁々発止の緊張感が、楽しいといえば楽しい(笑)。

口 なれずしやくさやって、気絶するほどの匂いだと噂に聞きますが、どんな匂い?

夏 ものすごく臭いのと、ある程度許容できるのと、その中間と、色んな程度があるらしい。

口 例えばどんな? 形容すると?

兼 あのね、ヨーロッパの名産のニシン缶詰って知ってる? 缶を開けると炭酸がシューって飛び出すくらい強烈に臭くて、飛行機の中に持ち込み禁止になっているやつ、何やったっけ? あ、そうそう、シュールストレミング[※3]というニシン。あれに似てるかな。

口 それはすごそう。納豆なんて可愛いもんですね。

夏 お酒と一緒に食べるといいけるんよ。お腹を太らすために、ばくばく

※1 琵琶湖のなれずし なれずしは、魚を飯に漬けて発酵させた最も古く原始的なすし。滋賀県の琵琶湖ではニゴロブナの子持ちを使うのが人気で特産品となっている。

※2 伊豆大島のくさや 伊豆諸島の特産品として知られる魚類の干物。ムロアジ、トビウオ、シイラなど新鮮な魚を「くさや液」と呼ばれる魚醤に似た発酵液に漬けた後天日干しにした食品。

※3 シュールストレミング 主にスウェーデンで好まれる塩漬けニシンの缶詰。「酸っぱいバルト海産の鰊」を意味し、世界一臭い缶詰と言われる。

食べるもんじゃないから。お酒と一緒につまんだらいけますねえ、日本人の知恵ですねえ、としみじみ頂けばいいんじゃないの。

ロ 東京出身の、今秋田在住の女の子に聞いた話だけど、しょっつるは、くさやに近い匂いだって。その子が狭いアパートで、地元出身の友人の親にもらった自家製しょっつるを、醤油みたいにどぼどぼ入れて、ちゃんこ鍋をしたら、強烈な匂いが目鼻につんときて、しばらく息ができなかった。だんだん使い慣れてきたら、普通の醤油だけでは物足りなくなるんだって。

夏 それを聞いて、この句の「しょっつる鍋」の匂いが、今リアルに感じられる。くさやの匂いを経験してよかった、と改めて思う。しょっつるの匂いの湯気の中で、ふらふらしている貝が見えてくる。いかにも日本酒が進みそうな鍋の佇まい。美味しいお酒と一緒なら、何でもかんでも箸楽し。琵琶湖のなれずしもそうやった。日本の食文化って、奥深くも豊かだねえ。

ロ なれずしは鮒(ふな)でしょ？　鮒には苦い思い出が……。

夏 どこで食べたの？

ロ ※4上海音楽学院へニックが招かれて、マスタークラス※5とコンサートをやらせて頂いた。その仕掛け人が、上海の一番弟子ハオジェ君という若きチェリスト。ハオジェの両親が毎晩つききりで、豫園商城(※6よえんしょうじょう)を案内してくれたり、ナイトクルーズで外灘(※7わいたん)の夜景を見たり、手袋を忘れてきたニックに、「チェリストの手を冷やさぬように」と、自分

※4 上海音楽学院
中華人民共和国初の高等音楽教育機関として設立。「大提琴科」が催した『THE 3RD INTERNATIONAL CELLO FESTIVAL』のゲストに、ニックが招待された。

※5 マスタークラス
ステージ上で、チェロの上級生徒が、コンチェルトやソナタや無伴奏曲などを演奏し、その場でチェロ教授がレッスンをして観客に見せる。たった30〜40分のレッスンで魔法のように生徒を成長させ、観客（主に生徒の保護者）を魅了するのがチェロ教授の腕の見せどころ。

※6 豫園商城
上海市にある明代の庭園・豫園の周辺に広がる商業地域。伝統的な装飾に交じり、周辺には現代的な高層建築も立ち並び、土産物店や飲食店が軒を連ねる。

※7 外灘
上海市中心部の観光エ

の手袋を脱いではめてくれたり、至れり尽くせりのおもてなし。極め付きは地元民しか行かない上海名物の淡水魚を使った料理のフルコース！　フカヒレとか、エビチリとか、エビマヨとか、ショウロンポウなんてミーハー中華は一切無し。正式な料理名は忘れちゃったけど、鯰(なまず)の輪切り、鯉の輪切り、田鰻炒め、草魚(そうぎょ)の蒸し、桂魚(けつぎょ)の揚げ、ナウシカの王蟲(おうむ)[※8]みたいなツノやイボの生えた海鼠(なまこ)姿煮、皮を剥いた夕顔みたいな白海鼠。もう魚偏の漢字は見せないで！と、叫びたくなった。一番ヤバかったのが、箸をつけたらどろりと黒い皮が崩れて中の身が掬えぬほどとろけた鮒の白い煮物。

夏　白い煮物とは？

口　鮒の豆乳姿煮込み？　ぱっと見はクラムチャウダーなんだけど、全く予想もできぬ味と匂い……。

夏　臭いの？

口　臭くはない。臭豆腐[※9]のような臭さは全然ない。山奥の古池の底の苔を食べて太ったお魚さんを泥で煮込んだような味……。

夏　ああ、泥鰌(どじょう)汁みたいな？　酢味噌で膾(なます)[※10]にして、お酒と一緒にならいけると思う。

口　ニックが一口食べた後、全く箸を付けずに澄ましているんで、私が食べるしか無かった。「遠慮するな、もっと食べろ食べろ」と、ハオジェ父に勧められ、鮒の溶けた汁が3分の1くらいに減ったところで、まだまだ続く煮魚の大皿……いかに中国四千年の偉大な食文化

リア。19世紀後半〜20世紀前半の租界当時建設されたレトロな西洋式高層ビルと、近代的ファッションビルやタワーなどが融合する。

※8 王蟲
ジブリ映画『風の谷のナウシカ』に登場する生命体。

※9 臭豆腐
豆腐を発酵液などに漬けて揚げ、タレをかけた物で強烈に臭い。妹ローゼンが出会った臭豆腐は、香港のホテルのエレベーターに客が持ち込んだ臭豆腐と、音楽祭スタッフが案内してくれたレストランで隣の客が食べていた臭豆腐。評判通りの臭いだった。

※10 膾
酢物の一種。魚介肉や野菜を辛子酢や酢味噌などで和えたもの。鮒膾は春の季語。

の一環に触れる経験とはいえ、参りました。ミーハー中華が恋しかった。

ふかひれのスウプたぷんと春愁[※11]　夏井いつき

春宵や中華くらげの噛みごこち[※12]

口夏 煮魚が苦手と、先に言っときゃいいのに。
最初に、魚料理はOKかと聞かれた時、ニックの頭の中には「ふぐ刺し」の大皿みたいなイメージが浮かんでて、イエース大好きだよ、と答えちゃったんだよね(笑)。

夏 ふぐ刺しで思い出した。NHK[※13]の収録で、ふぐの真子(まこ)ってのを食べた。あれは石川県だった。雪が降ってたよね(と、兼光さんに聞く)?

兼 そうそう。真子というのは、ふぐの毒が入ってるとこ。白子はそのまま食べられるけど、真子という卵巣の部分は5、6人の致死量に当たる毒がある。まず1年間塩漬けにして毒を薄め、ぬか漬けにして更に薄める。なんで毒が薄まるか、科学的には解明されてなくて、その土地の伝統の製法でしかできないらしいよ。

夏 あの時は寒かった。内海村[※14]の真珠小屋みたいな納屋が立ってて、ふぐの子を寝かせた樽が、だあっと並んでて、蜘蛛の巣がぶわっとかかってて、おじさんが、「これがちょうど食べ頃」と蓋を開けたら、

※11 ふかひれのスウプたぷんと春愁
季語「春愁」〈春・人事〉

※12 春宵や中華くらげの噛みごこち
季語「春宵」〈春・時候〉

※13 NHKの収録
NHK番組『俳句王国がゆく』。姉夏井が主宰し、全国各地を回り、地元チームと俳句王国チームに分かれて俳句を競う。

※14 内海村の真珠小屋
内海村は、夏井・ローゼン姉妹の出身地。イワシ漁などの水産業を主とし、真珠母貝の養殖で繁栄。

口　同行していたゲスト[※15]の若いお嬢さんが、うおおおお、と後ずさった。で、おばさんが食べるしか無いやん（笑）。食べたら食べたで酒の肴になるんよ。

夏　食べてみてどうだった？　ピリッともこない？

口　「[※16]あら何ともなやきのふは過てふくと汁　松尾芭蕉」を思い出す。
あったり前やん。地元では、その真子のぬか漬けを朝ご飯に載っけてお茶漬けにするんやって。常備菜よ、常備菜（笑）。

夏　俳人はこんなゲストに便利だね？　特に、お姉さんは「毒」舌だもんね（笑）。

口　ワクワクと好奇心が刺激される所には、まだまだ進んで飛び込んでいきたい、毒でも珍味でも（笑）。アンタが好きなパンは、乳酸菌発酵のサワードウ[※17]やったっけ？　くさやも、なれずしも、同じ乳酸菌発酵やから好きかもしれん。
いっやあ……魚とパンは発酵の匂いが全く違うと思いますが、私も俳人の端くれですから、そんな楽しい箸のチャンスが到来したら絶対に挑戦します、と言っとこう（笑）。最後に「食べ物俳句シリーズ・魚卵編」！

魚卵百樽塩に眠らせ幾夜の雪[※18]　夏井いつき

舌に溶くる白子も真子も朧にて[※19]

※15 ゲストの若いお嬢さん
『俳句王国がゆく』のロケ地となった石川県の、ふぐの子ぬか漬け製造所「あら与」HPには、「俳優の篠井英介さん、女優の三倉茉奈さん、辛口批評の夏井いつきさんが、あら与の工場見学&カフェあら与で、『ふぐの子のぬか漬茶漬け』を満喫していきました！　また来てくださいね」と紹介されている。

※16 あら何ともなやきのふは過てふくと汁
季語「ふくと汁」〈冬・人事〉

※17 乳酸菌発酵のサワードウ
第1章「ローゼン夫婦の食卓②」P38参照。

※18 魚卵百樽塩に眠らせ幾夜の雪
季語「雪」〈冬・天文〉

※19 舌に溶くる白子も真子も朧にて
季語「朧」〈春・天文〉

楽屋弁当

ＭＢＳ『プレバト!!』のスタジオに着いて、最初にやるのは楽屋弁当を食べることだ。私とケンコーさんの分、種類の違うお弁当が2個置かれている。少し早く到着した時は、お弁当を配るオネエサン達が「魚がいいですか、肉ですか」なんて声をかけてくれることもある。

ここではどの弁当が人気なんだろう。制作のフクオカ君は「喜山飯店です」と嬉しそうに答える。エビチリや酢豚など定番中華が何種類か入っていて食べ甲斐もあるし「何より美味いです」とまた嬉しそうに答える。

メイク室は意見バラバラ。叙々苑の焼肉弁当だ、オーベルジーヌじゃが芋丸々1個カレーだ、鶏久の竜田揚げだ

と喧（やかま）しい。

総合演出のミズノさんは「僕は津多屋の和風弁当。ぎん香の魚もいい。ミート矢澤のハンバーグもテンション上がるなあ」と、話が尽きない。

スタジオ入り時間を知らせにきたAD女子にも聞いてみる。「そりゃあ鰻ですよぉ！」「そうだね、せんせぇ、鰻だ！」と、二人で盛り上がる。そして思わずハモってしまう。「年に一、二度だけどぉ！」　高視聴率御礼的鰻弁当は、色んな意味で期待度MAXの一品なのだ。

ハンバーガーショップもなくて雪の町

内山邦子（うちやまくにこ）

季語 **雪／冬・天文**

冬を象徴する季語。秋を象徴する月、春を象徴する花（桜）の3つを三大季語と呼び習わす。6片に凍るので「六花（むつのはな）」と呼ばれるなど、形状や降り方により、様々な呼び名がある。

スターバックスがないのは当たり前。JA（農協）はあってもコンビニがなくて、ハンバーガーショップもなくて、あるのは雪ばかり、という真っ白い町が、ふっと見えてくる。そんな町は日本全国まだまだたくさんある。

豪雪遭難とハンバーガー

口夏　口　夏　口

この句を初めて読んだ時、スキーヤーか旅人の句だと思ってしまったの。「わあ、ハンバーガーショップもないんだ！」という都会人の感動かと。草間時彦さんのエッセイから、作者が雪国の出身で、我が町を詠んだのだと知り、益々感動した。

「ハンバーガーショップもなくて」で、町の大きさやら古さがわかる。何にもないけど雪がある、花がある、って詠みたい気持ちが伝わる。

アンタ達のいる山中湖はこんな町ではない？

山中湖はお洒落なリゾート。雪に覆われると、スイスのレマン湖みたい。雪の恐ろしさを知ったのは、我が家から車で10分の山中で死ぬかと思ったあの豪雪[※1]の時。

山梨の豪雪は松山から引っ越してすぐやった？

そう、2013年の夏に引っ越して、翌年2月のバレンタインデー。肉を買いに小一時間空けた隙に、見る見る内に1メートル積もり、帰り道が通行止め。「今夜はホテルに泊まって、明日の除雪車を待とう」というニックに、「かぼちゃん[※2]はどうなるの？　床暖房も電灯も消して来たんだよ、水もご飯も今朝あげたきりだよ！」と詰め寄って、通れる山道を1本ずつ車で探していたら、雪に突っ込んで前にも後ろにも進めなくなり、ガソリンも無くなり電話も圏外。タイヤの下を雪掻きし、小枝や落葉を押し込み、私がハンドルを握り、ニックが後ろから押して脱出。辿り着いた宿も暖房機が雪に埋もれて凍死しそうになった。買物袋の中にあったレタスとニンジンを二人で

※1 あの豪雪
平成26年豪雪。2月14日から15日にかけて、過去最深積雪を大幅に塗り替える積雪を記録した（山中湖村山中のローゼン家の積雪は、ニックの背丈を超えていたことから、180cm近くあったと思われる）。道路の全面通行止めによるスーパーやコンビニの休業、ガソリンスタンドの給油制限、電気・ガス・水道などライフラインのストップにより宿泊客や従業員が孤立する宿泊施設や、全町民が孤立した地区もあった。

※2 かぼちゃん
ローゼン家の番犬。2012年4月19日愛媛県生まれ。ポメラニアン、オス。体重7kg。気管支虚脱のため、番犬なのに「吠え」が制限されており、鳴くたびに抱っこをしてなだめなくてはならない。

サクサクぽりぽり食べ、かぼちゃんがいれば、この挽き肉を喜んで食べるだろう、と思うと泣けてきた。

翌朝、籠坂峠(かごさかとうげ)[※3]で車を乗り捨て、徒歩で家まで試みたけど、既に私達の背より高く積もり、鹿が横を通るのに角しか見えなかった。こっちも必死、向こうも必死、泳ぐように雪の中をもがいてすれ違った。村に下りて、「かんじきを貸してください」[※4]って一軒ずつ聞いて回ったけど、20年ぶりの大雪なので用意がない。翌日除雪車が来て、かぼちゃんも救出され、3日ぶり家族3人涙の再会。車の中で凍ってた牛ミンチを持って帰り、熱々ハンバーガーを焼いて3人で分けて食べた、あの味が忘れられん。

ニックの93歳の義母ベティが転んで、背骨を骨折して入院してた時、「お土産は何がいい?」と聞くと、「インネンナウトバーガー[※5]とチョコレートシェイク!」と答えた。アメリカ人の胃と心の癒やし、それがハンバーガー。

夏

アタシが好きなハンバーガーショップは、モスバーガー。元々きんぴらライスバーガーに惚れて、モス好きに。あれは、マジで美味しかった。何よりも、お米の国の食べ物として発想が面白い。忙しくて、私がモスに行く時間が無くなったから、きんぴらライスバーガー売るのをやめたのか……?! 再販売、熱望します。

モスが好きな理由のもう一つは、チキン。あのサクサクした食感が好き。大きさも形も食べやすい。

※3 籠坂峠
国道138号の峠。富士山と三国山稜を結び、山梨県の山中湖村と静岡県の小山町の境目に位置する。峠の山中湖村側は別荘地で、ローゼン家の山小屋は峠から車で3分のところにある。

※4 かんじき
泥や雪の上などを歩く時に、深く踏み込んだり滑ったりしないために作られた道具。靴・わらじなどの下に着用する。世界各地の豪雪地域で類似の道具・民具が見られる。

※5 インネンナウトバーガー
In-N-Out Burger(イン・アンド・アウト・バーガー)。アメリカのファストフード・チェーン店。メニューは、ハンバーガー、チーズバーガー、"Double-Double"(パティとチーズが2枚ずつ)の3種類に、フライドポテトと各種ドリンクのみだが、各自好みで具材の追加も可能。

福音寺に住んでた頃、朝のお散歩で、ちょうどいい感じの距離にモスがあって、兼光さんと朝モスしてた。兼光さんはロッテリアのエビバーガーも好き。滅多に無い休日の穏やかな朝は、二人ともフツーのモスとモスチキン、そしてフツーのコーヒーを注文します。

口

いいね、二人でモスに行けて。私は、バーガーキングのワッパー[※6]が好き。でもニックは「俺のハンバーガーが一番うまい」と、バーガー店には行かない。行くとしてもマック、モスには入らない。「ライスバーガーなんて××じゃ」と、言ってた。モスの人ゴメン。お姉さんは遭難体験はある？

夏

遭難体験その1。ロケという名の旅で、雪の大野ヶ原を訪れた時。馬の背[※7]と呼ばれる尾根を歩くんだけど、暴風のため立って歩けなくて、四つん這いで這う。雪粒が顔に突き刺さるように吹いて、あれは痛かった。そんな中でもカメラ回していたカメラマン、尊敬した。どんどん気温が下がって、とうとうカメラが動かなくなって、ロケ終了。さあ、山を下りよう！ と急いで車を置いている場所まで戻ったら、ロケ車が雪に埋まっている。夕暮れが迫ってくる。皆で必死でタイヤを掘り出す。嗚呼、人ってこうして遭難するんやな……と思った。

遭難体験その2。四国に住んでいるので、飛行機を利用することがほとんど。松山空港が暴風で、二度着陸を試みるが失敗。生きた心地がしなかった。三度目、もう一度やる！ と機長が言った時には、

※6 バーガーキングのワッパー
どでかいもの、大ぼらという意味の「Whopper」に由来する名。マクドナルドの「ビッグマック」と並んで、ハンバーガー業界における有名なメニューの一つ。看板に「ワッパーの家」と表示するほどのバーガーキングを代表する商品。

※7 馬の背
山の両側が切り立った崖の狭い尾根や、登山道のこと。見た目が馬の背中に似ていることからいう。

もうエエから羽田に戻ってくれ……と思ったことがある。

遭難体験その3。台風で、広島への長距離バスが止まり……「今日は、そちらの講演会に行けません」と、早朝電話したら、あまりにも落胆なさるので、ついつい、「橋が通行止めでなかったら、自分で運転して行けたのですが……」と言ったら、「橋、まだ通れます！　自家用車で来てください」と言われ……唖然。

実は、その前夜、「明日朝はずっとバスの中で寝られるから」と思って、遅くまで〆切の原稿を書いていた。講演会は無事に終わり、しまなみ海道へ。橋が封鎖寸前のタイミングで滑り込み、とにかく来島大橋のサービスエリアまで走る。眠気に勝てないので、ひとまず四国に渡れたので、サービスエリアの駐車場に車を停めて爆睡。車が揺れるので目が覚める。軽自動車が、ぐらぐら揺れる暴風。駐車場には1台もない。日も暮れている。慌てて、起きて車を走らせ始める。が、そこからの海沿いの道は、大波が打ち上がる。車よりも高い波。その引き波で、反対車線のほうに車が引っ張られる。フロントガラスが波で見えなくなり、対向車のヘッドライトが揺れる。

マジ、死ぬかと思った（笑）。

俳句の旅も命がけ！　馬の背といえば、ニックも死にかけました。YouTubeの『夏井いつき俳句チャンネル』で、「太陽をOH！と迎へて老氷河　鷹羽狩行」[※8]の句を取り上げてたでしょ？　まさにその老氷河へスキーをしに行った。フランスのシャモニーのエギュイ・

※8　太陽をＯＨ！と迎へて老氷河
季語「氷河」〈夏・地理〉

デュ・ミディ（3842m）。富士山頂の高さから、1列で人一人やっと歩ける馬の背を氷河へ下る最中に突風が吹き、バックパックとスキーの重みでぐらりと傾き、ああ、落ちると思ったら、ガイドさんが支えてくれて助かった。

ロ 夏

なんでそんなに重い荷物を背負って行ったん？

「ワインとソーセージを昼食に持って行くのが伝統だ」と言い張って、バックパックに菰(こも)入りのキャンティ赤ワインと巨大サラミを入れて、氷河の上でランチする時、ツアー全員に勧めたんだって。ガイドも一緒に飲んだって。信じられる？　私がガイドやってる時、いくら客に勧められたからって一緒に道後の酒を飲んでたらクビだったよ。しかも氷河で。さすがヨーロッパだなあと思った。

ロ 夏

無事に帰れてよかった、よかった。

それが続きがあるんよ。いざ氷河スキーが始まり、ニックは慎重に滑っていたけど、スキーの達者な若者達はスイスイ先へ滑って、一人の青年がカーブを曲がりきれずに、氷河の割れ日に落ちた！ツアー全員が、ああ死んだな、と思った瞬間、オーイオーイと叫ぶ声がした！　ガイドがロープで穴に下りて、青年の身体を結んで引っ張り上げたんだって。ワイン飲んでもやることはやってくれた。帰りの登山列車で本人はがたがた震え、全員どんよりおし黙って帰った。宿に帰って来て、ニックは物も言わず熱い風呂に入った。スキー靴の中の靴下は血だらけだったって。

夏　まだあるよ、ニックの遭難体験。南米チリのスキーリゾートのポルティーヨ（3310m）でヘリスキー[※9]の最中に吹雪いて、途中の壁に降りて滑り始め、スキーが雪に突っ込んで足を怪我。その夜高熱を出して気を失った。こんな日本の反対側でポックリ死なれたらどうすりゃいいの、と私も失神しそうになった。

口　もうええ年なんやから、そんな冒険せんでもええよ。

夏　大体出尽くしました。豪雪遭難体験（笑）。

兼　豪雪でアタシが思い出すのが、福井の農園たや[※10]のテツコさん。あれはいつの豪雪やった（と、兼光さんに聞く）？

夏　平成30年やったと思うけど、農園の大型ハウスが倒壊してな。テツコさんは、いつき組の組員さんで、農園の社長さん。

テツコから初めて投句[※11]が来た時、「農園で働いています」というコメントが添えられていたから、てっきり農園に雇われてキウイなんかをもぐパートのおばちゃんやと思ってたら、その実体は、40代のイケメン男性。

兼　お父さんの農園を継いでやってる、2代目社長。

口　かっこいい若大将！　テツコって男の人やったの?!　それもびっくり！

兼　そう。そのテツコさんが、青年海外協力隊[※12]で派遣されていた関係で、インドネシアから農業を学ぶ青年を受け入れて農業指導という国際協力プログラムもしてるらしいよ。

※9 **ヘリスキー**
リフトやゴンドラの通わない、ヘリコプターでのみアクセスできるコースで、スキーやスノーボードなどを楽しむ。

※10 **福井の農園たや**
九頭竜川が育んだ自然と肥沃な土を最大に活かし、お客さまに美味しいと思ってもらえるこだわりの野菜を育てる農園たや。外国人労働者との共生&共働の視点で、インドネシア農業技能実習プログラムにも取り組む。代表の田谷徹さんの俳号はテツコ。いつき組農業系組員。

※11 **投句**
テツコさんは、姉夏井が選者を務める南海放送ラジオ『夏井いつきの一句一遊』、ウェブサイト『俳句ポスト365』などへ投句を続けている。

※12 **青年海外協力隊**
独立行政法人国際協力機構（JICA）が実施する発展途上国へのボランティア派遣事業。

口　うわあ、益々素敵なテツコさん。農園たや、いつかお邪魔したい。

兼　僕ら、1回行っただけやけど、大きなハウスが何十棟もあってな。それが豪雪で倒壊した時は大変やった。テレビで「国道が渋滞して車の中で食べる物がない人達に食料を持って行った」というニュースが流れて。

夏　それを見たテツコが、「災害が起きてるのは国道だけじゃない。大型ハウスが倒壊した農家の現状も報道してくれ！」って、SNSとかで叫んだんじゃないかと思う。すぐ兼光さんとこに、「いつき組の組員の方で、福井でハウスやってる人に連絡が取りたい」って問い合わせが来た。

兼　テレビが取材に行って、倒壊したハウスの映像をニュースで流した。大型ハウスは建てるのに1棟5千万くらいかかるから、再建の資金集めが大変らしくてな。テツコさんがSNSで発信したことで、いつき組でもささやかながら募金して、みんなで送らしてもらった。

夏　ハウスが1個建つような規模のもんじゃない、お気持ち程度の募金だけどね。気持ちって大事やろ？

口　大事、大事。チリも積もれば山となる。私も毎年ほんの気持ちだけ、松山の俳句甲子園に寄付してます。日本の伝統文化の俳句を守る一翼を羽根1枚分くらい担ってる満足感があるよ。クラウドファンディングなら迷わず今治タオル[※13]にしてます。今治タオルってどこでも大評判。お祝いの品は迷わず今治タオル！

※13 今治タオル
「安心・安全・高品質」なジャパンクオリティの代表製品として知られるタオルメーカー。柔らかさと吸水性の高さが特徴。本社のある愛媛県今治市は、糸を撚る工場、糸を染める工場、タオルを織る工場など200近くもの工場が集まる一大産地。

はいはい。それでね、その時の豪雪から、今回のコロナ禍にかけて、野菜購買の動きが止まってしまったんで、いつき組の女連が主となって、農園たやの野菜おまかせ便[※14]を箱で買って、農園たやの野菜で作った野菜料理レシピをシェアするのを流行らせた。うちもそれ、時々注文させてもらってます。
農園たやのお野菜が、お姉さんの好きな「ニンニクたっぷりラタトゥイユ」や「ニンニクたっぷりミネストローネ」になってるんですね！　「食べ物俳句シリーズ・お野菜編」！

灯るごとくに風呂吹の透きとほる[※15]　夏井いつき
余生楽し春のごぼうの匂やかに[※16]
やはらかきひかりの独活が指を刺す[※17]

※14 **農園たやの野菜おまかせ便**
農園たやの安心・安全な野菜の産地直送便。旬の野菜の中から美味しく育った野菜だけを発送直前に収穫して自宅まで届けてくれる。野菜おまかせ便2980円（税込）。おまかせミニ便1680円（税込）。

※15 **灯るごとくに風呂吹の透きとほる**
季語「風呂吹」〈冬・人事〉

※16 **余生楽し春のごぼうの匂やかに**
季語「春のごぼう」〈春・植物〉

※17 **やはらかきひかりの独活が指を刺す**
季語「独活（うど）」〈春・植物〉

花満ちて餡がころりと抜け落ちぬ

波多野爽波（はたのそうは）

季語 花／春・植物

俳句で花といえば、桜のこと。雪月花という三大季語の一つ。桜と詠む時と花と詠む時、この使い分けが俳句の醍醐味の一つ。また花の陰、花の雲、花明りなど美しい傍題（ぼうだい）もたくさんある。

満開の桜の下で饅頭を割ったら、餡（あん）が丸のままころりと抜け落ちた。なんという平和な光景なのだろう。餡まろく地に座し、饅頭の皮ぽっかりと穴残る。花、空に白く満ち、なべて世は事もなし。

人生最高のスイーツ

ロ この句が好きで、好きで。この饅頭がめちゃめちゃ気になります。桜餅は餡がくっついているし、大福は皮と餡が一体化している。どちらも餡は抜け落ちない。八つ橋も意外と餡は抜け落ちない。手で餡を挟むタイプの最中か。あるいは皮と餡にすき間のある栗饅頭か。饅頭と餡の関係をあれこれ考えているだけで幸せになれるローゼンです（笑）。

夏 饅頭と餡の組み合わせでは、あまり幸せになれない夏井です（笑）。この句を読んで思い浮かぶのが中村草田男の、「厚餡割ればシクと音して雲の峰」[※1]。これはあんパン？

ロ 紅白饅頭。学校の創立記念日に紅白饅頭が配られる。持って帰って母にあげれば喜ぶとわかっていても、足が家に向かわない。海岸の石に座り沖を眺めながら、赤い饅頭を割って漉し餡を頬張る。残るは白。どうせ姉は饅頭が嫌いなので二つとも母に渡すであろう。私の饅頭は忘れてきたことにすればいい。雲の峰を見ながら、白い饅頭をシクと割って粒餡を頬張る。シクという音に一抹の後悔を覚えつつ。どう、完璧な鑑賞？

夏 紅白饅頭二つとも食いたくて道草していたのか（笑）。草田男さんも教師をしていたはずだから、創立記念日の紅白饅頭というのは、あり得るかも。

ロ 爽波さんは京都に住んでおられたけど、ご出身は東京だから、もしや、道明寺[※2]じゃなくて長命寺の桜餅かもしれません。長命寺の桜餅

※1 厚餡割ればシクと音して雲の峰
季語「雲の峰」〈夏・天文〉

※2 道明寺じゃなくて長命寺の桜餅
関西風桜餅は、道明寺粉で作った餅に餡を入れ、塩漬けの桜の葉で包む。関東風桜餅は、小麦粉メインの生地で餡を巻いて、塩漬けの桜の葉で包む。それぞれ、大阪藤井寺「道明寺」、東京向島「長命寺」の門前で発祥したことにより名が付いた。

は餅といっても饅頭のような粉の生地で作った皮を二つ折りや、円筒形にして餡を包んでるから、餡が抜け落ちやすい。抜け落ちる、といえば円筒形しかない！

夏 餡がころりと抜け落ちたら、やれやれ、食べずに済んだと思う、アタシなら（笑）。

ロ 昔からお姉さんは皿鉢（さわち）※3盛りに載ってる羊羹や饅頭を食べなかったね。クリスマスや誕生日のケーキは？

夏 皿に置いたら倒れるくらい、薄うく、薄うく、切ってもらってた。千代子ばあさん※4が水屋※5にマーブルチョコとかパラソルチョコとか入れてくれていたのは食べた。

ロ 懐かしいパラソルチョコ。先が折れて悲しかった。チョコベビーはみんなに分けすぎて自分の分が無くなった。アポロの苺チョコを食べながら、初恋ってこんな味？ と思ったよね？

夏 全く思わなかった（笑）。甘い物が昔から好きじゃなくて、今ではコース料理食べても、デザート要りません、とお断りする。厨房で誰かに食べてもらった方が食べ物を無駄にしないで済む、と。

ロ ケーキバイキングとか無理じゃん？ 兼光さんは？

夏 兼光さんは積極的にケーキバイキングへは行かないけど、サービスエリアでソフトクリームを買って舐めていたりする。それを一口べろーんって分けてもらったらアタシャ満足。

ロ 今までの人生で一番美味しかったのはハワイで食べたオーガニック

※3 皿鉢
高知県の郷土料理。高知では刺身を生（なま）と呼ぶ。生を盛った皿鉢と、煮物、練りもの、酢味噌あえ、白あえ、酢の物、焼き物、羊羹、きんとん、季節の果物などが盛り合わされた「組み物」の皿鉢、「寿司」の皿鉢、の三枚の皿鉢が基本。祝宴の場合には「鯛の活け作り」の皿鉢が、季節の皿鉢としては「鰹のたたき」の皿鉢、「そうめん」の皿鉢などが加わる。

※4 千代子ばあさん
姉妹の父方の祖母。祖父の3番目の妻。姓名判断で、本名の「千代子」を「千津」と改名させられた。ローゼンは、この祖母の名を継いだ。

※5 水屋
茶器や食器類を入れておく戸棚。茶箪笥。姉妹の実家にあった食器箪笥を祖母千代子は「水屋」と呼び、取っ手付きの小扉の中に子ども達のおやつを入れておく習わしであった。

のココナッツアイスクリーム。卵も牛乳も生クリームも使わずココナッツの実から手作り。あれは無限にいけると思った。今度ハワイへ行ったら、兼光さんに食べてもらって。

夏 そして、一口もらう。スイーツ命のローゼンさんの一番美味しいと思ったスイーツは?

口 じゃーん! 3つの都市の3つのスイーツと、特別な和菓子を一つ選びました。発表しまーす!

第3位、パリで食べたババ・オ・ラム! 熱々の焼き立てブリオッシュの皿にラム酒のグラスと生クリームの壺が添えられてくる。ラム酒をざぶざぶかけて、生クリームを好きなだけ載せて食べる。パンの熱さとラム酒の冷たさとクリームの甘さの絶妙のトリオ! ニックが弾くアレンスキー[※6]『ピアノ三重奏曲第1番第3楽章』のチェロの調べが口中に! 「楽はいまセロの主奏や氷菓子[※7] 松尾いはほ」。ざぶざぶざぶかけたラム酒だけストローで吸いたい(笑)。

夏 チェロの主奏で思い出した。クラシック音楽を聴いて和菓子を作る、という和菓子職人さんに出会った。ちょうどアタシが一遍聖絵[※8]に触発されて俳句が詠めて詠めて仕方なかった時。『日曜美術館』というNHKの番組で一遍聖絵の回を見て、兼光さんが京都の展覧会で買ってきてくれた聖絵のレプリカを間近に見て、これを俳句にしたいという情熱が湧いて湧いて止まらなかった。和菓子職人さんも同じなんだと知った。モーツァルトの音楽を和菓子にしてみたい、と

※6 アレンスキー『ピアノ三重奏曲第1番第3楽章』のチェロ
1894年、アントン・アレンスキーにより、名チェリスト、カルル・ダヴィドフ追悼の為に作曲された、ピアノ三重奏曲第1番ニ短調作品32。ニックは、山梨の弦楽器工房樅楓舎飯田裕制作の弦楽器のみを使用して演奏したCDで、アレンスキーの魂のこもる第3楽章のエレジーを熱演する。

※7 楽はいまセロの主奏や氷菓子
季語「氷菓子」〈夏・人事〉

※8 一遍聖絵
時宗の祖である一遍の生涯を描いた日本最古の絹本著色絵巻。国宝。鎌倉時代の最先端の彩色技法と、当時の人々の生活や信仰の形を知る貴重な資料でもある。

いうインスピレーションと情熱。季語をモチーフにした和菓子はあると思うが、「音楽で和菓子」は初めて聞いた。びっくりした。

ロ 私も黒田勝雄写真集『最後の湯田マタギ』※9にインスパイアされて二十句即吟し、勝雄先生※10に即日ファンレターを送りました。ではこの流れで、特別な和菓子の一品を発表します。奈良東大寺の修二会の頃にしか売られていない、椿の花をかたどった糊こぼし！

ロ夏 (写真を見て) これは綺麗なお菓子。

和菓子党じゃなくても一つ頂きたくなるでしょ？　東大寺二月堂のお水取り※11に使う造花の椿を僧侶が手作りしている時、赤い花に白い糊をこぼした。それが開山堂の庭の白い模様のある椿「糊こぼし」の名になった、といういわれを聞き、実際にお水取りを見学した翌朝、近鉄奈良駅近くの老舗和菓子屋※12でお菓子の糊こぼしを見た時は、震えるほど感激した。甘さがどうとか餡がこうとか、そんな次元じゃないの。奈良の夕暮れの空と山の藍、造花の椿に照る炎、若草山に薫る風、石畳に射す朝日、早春の奈良がぎゅっと濃縮された味。

ロ夏 語り上げたね。お水取りは3月12日～13日にかけてだった？

一緒に行こう！　奈良ホテルにみんなで泊まって、私とニックは若草山ハイキング、お姉さん達は東大寺吟行、夜は全員で二月堂の大松明を見る。帰りに、萬々堂通則（まんまんどうみちのり）さんで糊こぼしを食べる。

ロ夏 3月のスケジュールが合うことを祈る。

では続いて、世界で最も美味しいスイーツ第2位！　イスタンブー

※9 最後の湯田マタギ
写真家黒田勝雄による、雪深い奥羽山系の山里、岩手県西和賀郡湯田町での、最後のマタギ（熊狩猟）の暮らしや民俗に迫った希有な写真集。

※10 勝雄先生
夏井、ローゼン姉妹の俳句の師黒田杏子先生の夫で写真家の黒田勝雄。姉夏井は、サザエさんのマスオさんのごとき親しみを込め、「カツオ兄さん」と呼ぶ。

※11 東大寺二月堂のお水取り
奈良東大寺二月堂で3月1日から14日の間行われる「修二会」の中の一つの行事。練行衆が御香水を汲み本尊にお供えするお水取りでは、椿の造花が飾られる。

※12 老舗和菓子屋
江戸後期創業『萬々堂通則（まんまんどうみちのり）』。「糊こぼし」の椿がデザインされた化粧箱も見たら欲しくなる。現在では通販もできる。

夏　ルで食べたバクラヴァ[13]！　これは1位と僅差。トルコでしか出会えない蜜の味。

ロ　トルコ菓子？　食べたことある。いつき組の十亀（そがめ）[14]わらちゃんというトルコに駐在している組員さんですが、一時帰国した時、トルコ菓子をお土産に句会に来てくれた。めちゃくちゃ甘い！　あまりの甘さに一句捧げた（笑）。

馬肥ゆやトルコの菓子の甘たるき[15]　夏井いつき

夏　あれはロクム[16]という宝石のようなお菓子。イスタンブールの市場グランドバザール[17]に行くと、ロクムのお菓子屋さんが果てしなく美々しく並んで、「僕の彼女も日本人だよ～」とか日本語で袖を引かれ、1軒ずつ試食してたらお腹一杯。ずっしりと重くて、持てるだけお土産買って帰った。

さて、いよいよ第1位は、ヴェニスで食べたカンノーリ[18]！　春巻のような皮に砂糖漬けの果物やリコッタチーズのクリームを詰めたシチリアの揚げ菓子。マンハッタンのイタリア人街に行けば間違いない。ロサンゼルスのラ・ドルチェ・ヴィータのカンノーリも絶品。映画『ゴッドファーザー』で「帰りにカンノーリ買ってきて」と妻に頼まれていたマフィアの幹部クレメンザが裏切り者を射殺後に、「銃は置いてけ、カンノーリは持ってきてくれ」って台詞が有名。シチ

※13 バクラヴァ
ピスタチオ、ヘーゼルナッツ、アーモンド、胡桃などをパイ生地に挟んで焼き、レモン汁、ローズウォーターと蜂蜜のシロップに、ピスタチオの粉を振りかけたトルコ菓子。

※14 十亀わらちゃん
俳人。夏井いつきに師事。第7回俳句界賞受賞。詩集『燃える野』（詩学社）。夫のお仕事でトルコに駐在。いつき組トルコ支部組員。

※15 馬肥ゆやトルコの菓子の甘たるき
季語「馬肥ゆ」〈秋・動物〉

※16 ロクム
砂糖にコーンスターチとナッツ類を加えて作る有名なトルコ菓子。Turkish delight（トルコの悦び）とも呼ばれる。日本のゆべしに似た、柔らかく弾力のある食感。

※17 グランドバザール
オスマントルコ帝国時代より続く市場。中東最大

リア人ならカンノーリを拒めない。『ゴッドファーザーPARTⅢ』では、ドン・アルトベッロの毒殺の道具としてカンノーリが使われる場面も。お姉さんは、これ出されたらつい食べちゃうっていうお菓子は1個もないの?

夏　山田屋まんじゅう[※19]は時々食べる。大きすぎない。甘すぎない。上品な味。

口　えっ！　山田屋まんじゅうは全身餡子だよ?　餡子ファンにはたまらない、皮があるような無いような、爽波の句の「ころりと抜け落ちた餡」その物みたいじゃん?

夏　父信太郎さんが山田屋まんじゅうを好きやったけん、松山から実家に帰る途中で寄って買っていた思い出と直結している。

口　組長はスイーツ苦手、仕事先でスイーツ勧められたら困る、という話も浸透してきたんじゃないですか?

夏　「夏井は甘い物ちょっとあれですけど、僕は頂きます」と兼光さんが先回りして言ってくれると、ああ助かったと思う。
一番無理した思い出は、ずっと昔の、南海放送の年末特番で、「夏井さん、松山名物とんかつケーキをお持ちしました」って、生放送の現場に、生クリームで覆われたケーキが運ばれてきた。これ普通のケーキじゃないのか、とんかつはどうしたんだって切ってみたら、中身は、キャベツ、とんかつ、キャベツ、とんかつ、で、外側を生クリーム

級の屋内市場として有名。あらゆる土産物が揃う。

※18 カンノーリ
小麦粉の生地を薄くのばし、正方形に切って円筒形に巻き、低温の植物油やラードで揚げた皮の中に、リコッタ・チーズ、バニラ、チョコレート、ピスタチオ、マルサラ酒、ローズウォーターなどを混ぜたクリームを詰めるシチリア菓子。

※19 山田屋まんじゅう
創業慶応三年。上質な小豆と白双糖を使用した、透き通るような皮に包まれた饅頭。わずか22gの一口サイズ。西予市宇和町の山田薬師如来に教わったといういわれから、「山田屋」の屋号となった。

でこってり塗っている！　当時松山で流行っていたらしい。生クリームをたっぷり載せた一切れをお皿に盛られて、「夏井さんどうですか？」って聞かれたから、生放送で、「こんな美味しいとんかつが作れるんなら、生クリームで覆わなきゃいいのに」ってコメントしちゃって（爆笑）。かろうじて、とんかつは褒めといた（笑）。

ロ　キャハハハ……ス、スポンジ部分はどんな？

夏　スポンジなんか無いんだって。キャベツ、とんかつ、キャベツ、とんかつ、生くりぃ――む！

ロ　ヒャーハーハー……（笑いすぎて喋れない）。
そういや前に生クリームブームがありました。NYのコリアンタウンで食べたフライドポテトの生クリームがけは最高やった。

夏　じゃアンタは好きかも、とんかつケーキ（笑）。
とにかく、生放送のスタジオでアタシに何か食べさす企画はやめた方がいい、何を言うかわからない。と、今後のためにちゃんと書いておこう（大笑）。

※20 まんぢゅうは小さきがよろし萩日和　夏井いつき

※20 まんぢゅうは小さきがよろし萩日和
季語「萩日和」〈秋・植物〉

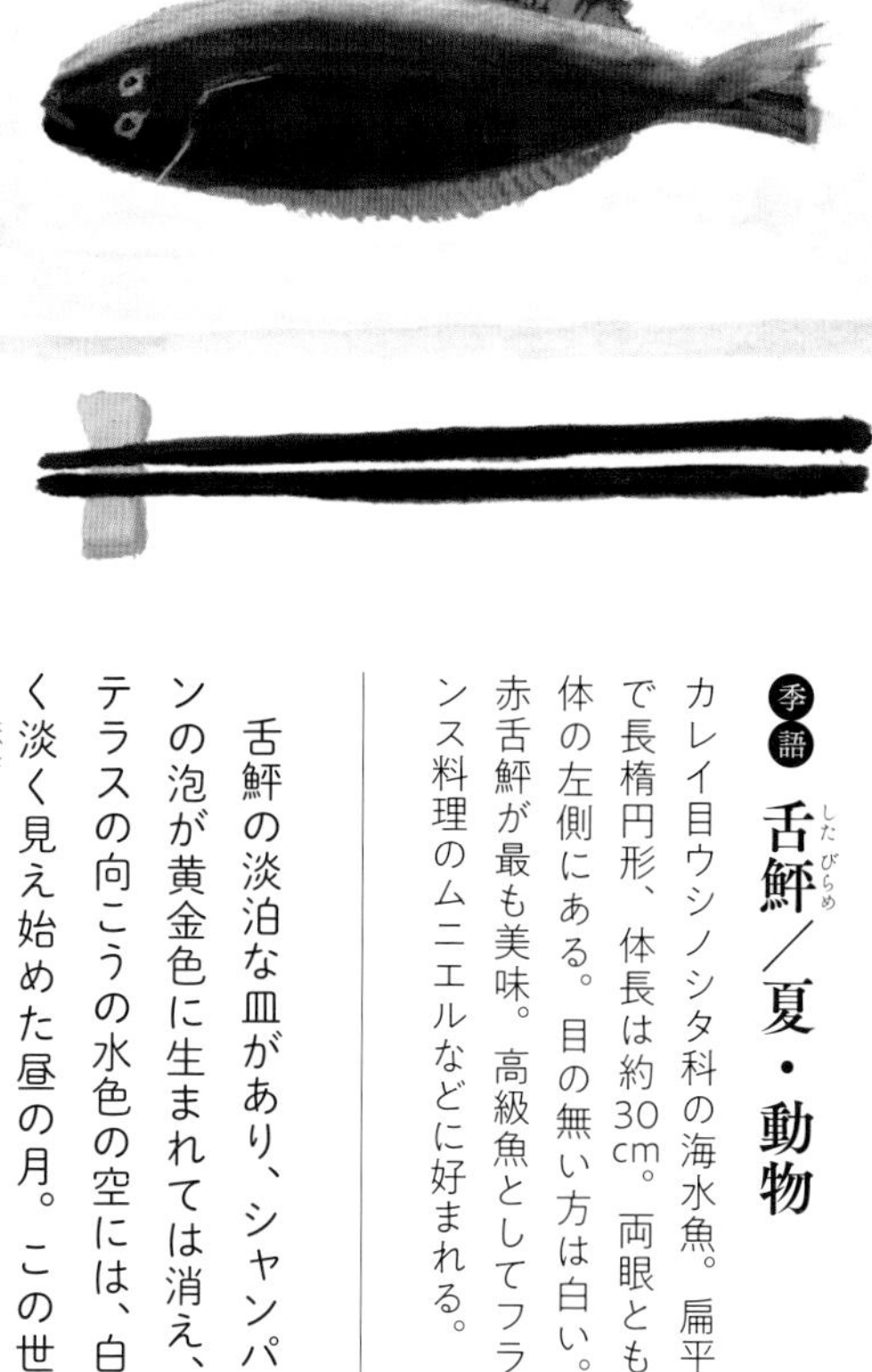

季語　舌鮃（したびらめ）／夏・動物

カレイ目ウシノシタ科の海水魚。扁平で長楕円形、体長は約30cm。両眼とも体の左側にある。目の無い方は白い。赤舌鮃が最も美味。高級魚としてフランス料理のムニエルなどに好まれる。

舌鮃の淡泊な皿があり、シャンパンの泡が黄金色に生まれては消え、テラスの向こうの水色の空には、白く淡く見え始めた昼の月。この世は儚（はかな）い物ほど美しい。幸福75％、寂しさ25％くらいが最も望ましい。

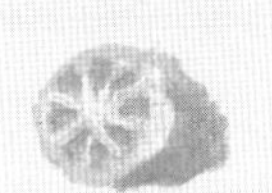

命がけの北京ダック

ロ　夏　ロ

好きなスイーツの順位を発表して私的に盛り上がりましたので、今回は続編として、好きなグルメを第3位から発表したいと思います！

美味しかった料理⁉

料理名だけではなく、どこで食べた何、というご当地限定グルメです。

第3位は、チューリッヒのホテルボーオーラック[※1]の朝ご飯！　私はご飯の中で朝ご飯が一番好き。お姉さん夫婦も旅先の色々なホテルで色々な朝ご飯ブッフェを食べると思います。日本の朝ご飯ブッフェは、豆腐の味噌汁や野菜の煮物がヘルシーだと外国人に大人気。日本ではパレスホテル[※2]のブッフェが一番美味しかった。同じ五つ星ホテルですが、ボーオーラックのブッフェはその上を行く桁外れの美味しさ。スーパーモデルのようなウェイトレスが、部屋番号も何も言わないのに、「ローゼン様、奥様、ご機嫌いかがですか？」と王侯貴族のように案内され、完璧なコーヒーをサーブされ、まず果物を見て驚いた。桃、梨、イチゴ、林檎、マンゴー、オレンジ、どれを取っても、食べ頃、新鮮さ、切り口の美しさ、香り、色、並べ方、食感、味、全てが完璧！　美術品の如き美しさ！　果物を切っておくとありがちな、色が変わったり、乾いたり、生ぬるかったり、塩味がしたり、未熟で硬かったり、熟れすぎて汁が垂れたり、そんなんが全く無し。全ての果物をたった今剥いて、たった今私達二人のために切ってくれたとしか思えない。ニックと二人で、ううむ、と唸った。果物がこ

※1ボーオーラック
1844年に創業。チューリッヒのアルプスを望む湖畔の景観と歴史を誇る五つ星ホテル。ワーグナー自身が指揮を務めた『ワルキューレ』ワールドプレミアの舞台となった。王族や俳優、音楽家などの定宿。

※2パレスホテル
1947年、GHQの命により、国有国営のホテルとして開業した「ホテルテート」が前身。皇居の森から放たれる清冽な空気の中に立ち、目指すのは、「最上質の日本」。ローゼン夫婦は外国人向け皇居ツアー参加時に宿泊して以来ファンに。

お手数ですが
切手を
お貼りください

郵便はがき

150-8482

東京都渋谷区恵比寿4-4-9
えびす大黑ビル
ワニブックス 書籍編集部

お買い求めいただいた本のタイトル

本書をお買い上げいただきまして、誠にありがとうございます。
本アンケートにお答えいただけたら幸いです。
ご返信いただいた方の中から、
抽選で毎月5名様に図書カード(500円分)をプレゼントします。

ご住所　〒

TEL(　　-　　-　　)

(ふりがな)
お名前

ご職業

年齢　　歳

性別　男・女

いただいたご感想を、新聞広告などに匿名で
使用してもよろしいですか?　(はい・いいえ)

※ご記入いただいた「個人情報」は、許可なく他の目的で使用することはありません。
※いただいたご感想は、一部内容を改変させていただく可能性があります。

●この本をどこでお知りになりましたか?(複数回答可)

1.書店で実物を見て　2.知人にすすめられて
3.テレビで観た(番組名:　)
4.ラジオで聴いた(番組名:　)
5.新聞・雑誌の書評や記事(紙・誌名:　)
6.インターネットで(具体的に:　)
7.新聞広告(　新聞)　8.その他(　)

●購入された動機は何ですか?(複数回答可)

1.タイトルにひかれた　2.テーマに興味をもった
3.装丁・デザインにひかれた　4.広告や書評にひかれた
5.その他(　)

●この本で特に良かったページはありますか?

[　]

●最近気になる人や話題はありますか?

[　]

●この本についてのご意見・ご感想をお書きください。

[　]

以上となります。ご協力ありがとうございました。

れだけ完璧ならば、例えばハムやトマトやパンや卵料理の美味しさはどこまで突き抜けていってしまうのか、と恐ろしくなった。一品食べる度に、わあ、おお、と感嘆の声が出る。今までの常識を遥かに超えた美味しさの発見、朝食ディスカバリーの旅！

夏 そんなに違うもん？　ハムとか、卵とか？　おなか減ってたんじゃないか？

ロ 全然違います。これは何々産の何々ですと、野菜や卵や地鶏を説明されても違いが全然わからないでしょ？　あれの正反対。一口で最高級品とわかる。不味い物、不完全な物が一つもない。受付の女性もウェイトレスもずば抜けた美人揃い。完璧な肌、完璧な化粧、完璧な髪型、完璧な3サイズ、完璧な声。シミが一つもない！　世界で最も美しい顔100人[※3]に選ばれそうな美人しか働いていない。男性はまあ色々だったけど。

夏 なんでそんなホテルに泊まったん？

ロ ボーオーラックは、ニックの恩師のピアティゴルスキー先生[※4]が、チューリッヒの音楽院でマスタークラスをやる時の定宿。晩年は先生が口で教え、ニックが横でデモンストレーションして、生徒に教えた。終わった後にオープンテラスで大木を見ながらビールを飲んで話をした思い出の場所。サンモリッツにスキーに行った時、私も1泊してチューリッヒ観光もした。過去の人生で最も高額な1泊。

夏 値段、聞くのが恐ろしい（笑）。

※3 世界で最も美しい顔100人
The 100 Most Beautiful Faces。自称映画評論家、TC Candlerという男性が、個人の主観で選び、毎年YouTubeで発表している世界の芸能人の容姿ランキング。主観的なもので、日本のメディアでは取り上げられるが、権威のあるものではない。

※4 ピアティゴルスキー先生
1903～1976年。グレゴール・ピアティゴルスキー。伝説的チェロ奏者。ウクライナ生まれ。後に渡米して活躍する。アルトゥール・ルービンシュタイン（ピアノ）、ヤッシャ・ハイフェッツ（ヴァイオリン）と共に「百万ドル・トリオ」と呼ばれた。ニックが13歳の時、ピアティゴルスキーが指導育成にあたる南カリフォルニア大学『音学科特待生クラス』に迎え入れられ、後に師の片腕となり、Musical Son（音楽における息子）と呼ばれるようになった。

ロ 続いて第2位！　マンハッタンのミッドタウンにある[※5]センチュリークラブで食べた[※6]ドーバーソール！　江戸幕府の黒船来航みたいな時代に創業。[※7]センチュリアンと呼ばれるメンバーとゲストしか入れない。クラブの入口は目立たなくて、ロビーに入ると、門番みたいな人がニックの顔を見て通してくれる。初めてニックと二人で食事するので緊張して、英語もわからなくて、ニックのお勧めを食べた。前菜のシュリンプカクテルとドーバーソール。ニックはシーザーサラダと[※8]フィレミニョンとフォアグラ。白ワインも赤ワインもハーフボトルで頼んだ。その時ニックが、「メニューにドーバーソールがあれば必ず頼みなさい」と教えてくれた。ドーバー海峡の大舌平目を、レモン汁とケーパーを入れて透き通るまでバターで焦がした爽やかな香ばしさ！　こんなに美味しい魚があるんだと初めて知った。魚料理が得意じゃない人も、これは絶対好きになる！　舌平目には貧血予防の鉄分やコラーゲンも含まれてる。

夏 その話を聞いて、この「舌鮃」の句の淡い淡い昼の月の白い色が見えてくる。バターとレモンの香が鼻に、白身の淡泊さが舌に蘇る。

ロ 俳句もいいけど、絵にしたいような句景ですね。「舌鮃」の目が月を見ているような。

夏 目がどっちが……。

ロ そうそう。目を上にして置いて左に目があるのがヒラメで、右がカ

※5 センチュリークラブ
正式には「センチュリーアソシエーション」。1847年創立。マンハッタンの五番街にある社交と芸術と食事を楽しむプライベートクラブ。センチュリアン（メンバー）になるには、既存メンバーの推薦と、会の承認が必要。ニックは、ベニー・グッドマンの推薦でセンチュリアンとなった。

※6 ドーバーソール
舌平目（ソール）の代表的な産地がドーバー海峡の町であったところからついた名。フランス料理では名の知られた高級魚。

※7 センチュリアン
センチュリアンは、年に一度クラブに貢献する習わしがある。作家や画家は本や絵を寄贈し、有名シェフは料理教室をやる。ニックも無伴奏バッハのコンサートを毎年やった。ニックの処女句集『Letter From Spider Garden』をクラブに寄贈した。ミュージシャンで本を寄贈したのはヨーヨー・マに続いて二人目。

夏

レイ。形が牛の舌に似ているからシタビラメだってね。「鮃」は冬の季語だけど、「舌鮃」は夏の季語ってのにもびっくり。[9]「若狭には佛多くて蒸鰈　森澄雄」と、「蒸鰈」なら春になる。季節によって魚の味が違うし、月とか仏とか、取り合わされた物の姿も意味も変わる。で、それが初デート？

口

デートいうよりビジネスランチだった。ルームメイトになりませんか？　というオファーを受け、料理はニック、洗い物と掃除は私、洗濯は各自、開かずのリビングの段ボールを開けて整理してくれたら、朝晩の食事と弁当付き、という細かな条件を話し合った。その時居たアパートは新築で広くて気に入ってたけど、当時働いてた古本屋さんまで通勤が遠くて、それに食事付きにつられて引っ越した。時が流れて、私とニックの結婚式の時に、子ども4人とニックの姪とNY[10]のマネージャーとで、同じセンチュリークラブでお祝いしたのが嬉しかったです。その話はまた結婚式の巻で話します。いよいよ第1位は！　香港の老舗五つ星ホテルザ・ペニンシュラ香港の北京ダック！

夏

ニックは北京ダックが好きやね。

口

北京ダックにつられて毎年香港[11]の音楽祭へ審査員をしに行く。今年はコロナで中止になったけど。3年前だったかな。音楽祭の半ばに超大型台風が来て、3日間スケジュールがキャンセル。世界中から集まった出場者がホテルに足止めで、ロビーは難民キャンプ状態。

※8 フィレミニョン
牛ヒレ肉の尾に近い部位。そのステーキも指す。

※9 若狭には佛多くて蒸鰈
季語「蒸鰈（むしがれい）」〈春・人事〉

※10 NYのマネージャー
ジョン・ギングリッチ。ニックのマネージャーで友人。ジョン・ギングリッチ・マネジメントは、1983年より30年以上、芸術団体や音楽祭へ人材を提供し組織運営を助け、舞台芸術家・演奏家のマネージメントを手がけている。

※11 香港の音楽祭
HKIMF（Hong Kong International Music Festival）。世界中の音楽の才能を街に集め、ミュージシャンの交流と、地元の芸術と文化の発展を促進しようとする音楽を統合するイベント。

フロントの分厚いドアにぐるぐる巻いた鎖が吹っ飛ぶくらいの大風。ちょうど北京ダックを予約した日が台風の眼の中で、ニックが、今だ、行こう、とタクシー呼んで出たはいいが、高速道路に木が倒れ、工事現場は土砂崩れ、道路浸水で立ち往生と無茶苦茶だったけど、香港の運転手は根性で迂回しまくって、意地で予約時間にホテルに着いてくれて、ミシュランの星を獲得したスプリングムーン[※12]の北京ダックにありつけた。

これはもうね、東京の皮ぱさぱさ北京ダックとか、NYの脂ギトギト北京ダックとかとは次元が違うのよ。ちょうどええ味(笑)。二人で鴨半分頼むとちょうどええ量。思いっきり7つか8つくらいずつ食べて、残りを炒飯にしてもらう。これが絶品、秘蔵のXO醤[※13]の味。このレストランの秘蔵レシピからXO醤が発祥したんだって。葱の味一つ、タレの味一つとっても、そこいらの中華街の北京ダックのレベルじゃない。神ってる[※14]！

夏 アンタ、鴨は食べないって言ってなかった？

ロ 鴨は美しすぎる季語なので、今も食べない。北京ダックは鴨じゃない(笑)。

夏 それはニックがベーコンは豚じゃない[※15]、って言うのと同じじゃん(笑)。それで、無事に帰れたの？

ロ 帰りも延々遠回りしてタクシー代痛かった。香港では安くて夜景のいいホテルに泊まって、ザ・ペニンシュラに日ごと夜ごと通う日々。

※12 スプリングムーン
ザ・ペニンシュラ香港の広東料理店「嘉麟楼」。本店の秘蔵レシピが発祥のXO醤を活かした、豚肉・キャベツ・茸の焼き餃子など、職人が丹精込めて作る点心が人気。

※13 XO醤
ザ・ペニンシュラ香港の料理人が、高級な食材を惜しみなく使って生み出した。ブランデーの最高等級XOを冠した名は、最高の合わせ調味料という意味。

※14 神ってる
若者の言葉の一種。神が憑いたとしか思えない超人的な技や、現実にあり得ないほど優れた物事を表現する。

※15 ベーコンは豚じゃない
ユダヤ系アメリカ人のニックは、ユダヤ教で禁じられている豚肉を食べる時に罪悪感を覚えるので、夫婦とも大好きなベーコンを「これは豚肉じゃない」と暗示をかけて食べている。

夏

次の日もまた台風の中、ヨーロッパ料理を東洋で初めて出した老舗フレンチガディスでビーフウェリントン[※16]を食べ、生バンドと歌手の演奏でダンス。その翌日はザ・ロビー[※17]でアフタヌーンティーして生演奏でダンス。行き交う大金持ちを見て、GRAFF（グラフ）[※18]でイエローダイヤモンド拝んで、気分はリッチに、羽を伸ばしたよ～。仕事抜きのそんな旅行が羨ましい。あれ、ニックは仕事で行ってたんだっけ（笑）？　今回は話を聞いているだけでお腹一杯。ごちそうさん。

北京ダックかんで香のたつ春の葱[※19]　夏井いつき

※16 ビーフウェリントン
フィレステーキ用の牛肉をフォアグラなどのパテとデュクセル（茸、葱、ハーブ、黒胡椒を刻んでバターでソテーしたペースト）で覆い、パイ生地で包んでオーブンで焼く料理。「ドーバーソール」と並ぶニックのお勧めメニュー。

※17 ザ・ロビー
英国風のアフタヌーンティーが楽しめるザ・ペニンシュラ香港のロビー。

※18 GRAFF（グラフ）
世界有数のダイヤモンド店。大粒、極上、希少ダイヤモンドの代名詞となっている。

※19 北京ダックかんで香のたつ春の葱
季語「春の葱」〈春・植物〉

水飯に洛中の音遠くあり

藤田湘子（ふじたしょうし）

季語　水飯／夏・人事

冷蔵庫の無い昔の人々は、米を蒸して干した「乾飯（かれいい）」を冷水につけて食べたり、饐（す）えかけた飯を冷水で洗って食べたりしていた。源氏物語や今昔物語にも夏に水飯を食べる場面が登場する。

夏の京都にて、冷たい水漬けの飯を啜（すす）っていると、今遠くに聞こえている京都市街の音が、あたかも千年前の平安京の音のように感じられる。伝統文化や風土の守られてきた京都ならではの、季語を通じて時代を遡る感覚の一句。

旅の夜のカロリーメイト

夏

この句を読んで、しみじみと思い出すのが京女[※1]の下宿時代。エアコンの無い古い下宿でねえ。ここは京都と思うと下宿のぼろさにまで歴史というか、趣があった。最初の年の夏に、おばさんが、「これ饐（す）えかけやから、水で洗ってお食べ」と出してくれたご飯の匂いに驚いた。饐えたご飯を食べた経験なんて、うちら無かったやん。アンタ覚えとる？ 昔は炊いたご飯はお櫃（ひつ）[※2]に移してそのまま、保温技術が無いからだんだん冷たく硬くなって、お味噌汁かお茶をかけて食べよったやん？

口

「水飯[※3]や象牙の箸を鳴らしけり　吾空」という句。おじいちゃんがカチカチ音をさせて、冷ご飯に奈良漬けでお茶かけ[※4]してたのを覚えてるような。象牙の箸なんか家に無かったよね。金属製のお箸かな？ 祖父の思い出は、父の兄弟姉妹から聞いた話を、自分で経験したかのように覚えてるだけかもしれないけど、私も熱いご飯に奈良漬けで、冷たい麦茶かけて、スプーンでカチカチ音立てて食べるのが大好き、めっちゃ涼しくなる。

林芙美子さんのエッセイ「朝御飯」[※5]の中に、「夏の朝々は、私は色々と風変りな朝食を愉しむ。『飯』を食べる場合は、焚き立ての熱いのに、梅干を載せて、冷水をかけて食べるのも好き」という一節を読んで以来、益々冷たいお茶漬けが好きになった。

夏

藤田湘子の俳句の水飯も、京都でなくては味わえん風味。今と昔が混在する京都で、こんな季語をリアルに体感すれば、現在から平安

※1 京女
京都女子大学。第1章「日常の外食、おでん」※6P43参照。

※2 お櫃
炊いた飯を入れておく飯櫃。木製の物は水分を吸湿したり放湿したりするため飯の食味を損ねにくい。

※3 水飯や象牙の箸を鳴らしけり　吾空
季語「水飯」〈夏・人事〉

※4 お茶かけ
お茶漬けのこと。関西、四国、九州などで使われる方言。

※5「朝御飯」
昭和期に活躍した小説家林芙美子の随筆。『林芙美子選集』（改造社、1939年）より。海外に滞在した時代の思い出の朝食の数々を綴る。食べることが好きであれば生きることも好きになれると、信じさせてくれるような作品。

口 京へ一瞬のタイムトラベルもできる。「俳句で得すること」[※6]その4！　水飯の匂いまでは想像してなかった。お姉さんの下宿の饐えた飯を洗う話を聞いて、平安時代がぐっと身近になりました。紫式部も臭い飯を洗って食べてたのか（笑）。
ところで、永谷園のお茶づけシリーズでは何が好き？　私は梅干茶づけ。

夏 ええと、お茶づけ海苔に、さけ茶づけ、わさび茶づけ、たらこ茶づけ、あと何があった（と、兼光さんに聞く）？

兼 （キッチンの引き出しを開けてチェック）鯛だし茶づけ、冷やし塩すだち茶づけ、九州限定明太子高菜茶づけ、黒豚茶づけなんてのもあるよ。永谷園のお吸い物もある。

口 さっすが！　お付き合いの二日酔いの特効薬に全種類買い置きしてるんですね。

夏 ご飯にかけるといえば、昔、千代子ばあさん[※7]が冷や汁作りよったやろ？　麦ご飯にかけた麦味噌の冷たい香りがよくて、浮かべた薄切り胡瓜の色が涼しくて。

口 ああ、おさつま[※8]！　子どもの頃は嫌いやったけど、次女まあちゃんのつわりの時、無性に食べたくなって、バーバ[※9]に電話して聞いて作ったのよ。鯛のお刺身を買ってきて焼いて擂って、麦味噌と出汁で伸ばして、胡瓜スライスと葱と胡麻入れて、冷たいご飯にかけて食べたら、「胎内」に染み入るように美味しかった。それまでカップ焼き

※6 「俳句で得すること」その4
YouTube『夏井いつき俳句チャンネル』「俳句ってどんな得がある？」（2020年7月12日）で、俳句で得すること3つを挙げた。その4は、その続き。
その1　待ち時間が無くなる（待ち時間に一句読めたら、むしろ得した気分になる）。
その2　退屈が無くなる（待っている風景で一句、遅れて来た人で又一句と詠み続ければ、永遠に退屈しない）。
その3　喧嘩になりにくい（夫婦間でカチンとくる事も、俳句のタネと思えば笑って許せる）。

※7 千代子ばあさん
第2章「人生最高のスイーツ」※4P75参照。

※8 おさつま
愛媛県の郷土料理さつま汁。

※9 バーバ
姉妹の母親。名は家藤亀代。元の内海村家串郵便局局長だった姉妹の父を助け、定年まで勤め上げた。長女いつきが俳人となったのを機に俳句を始

ソバしか食べれんかったけん、やっとおなかの赤ちゃんにいい物を食べさせた気がした。

夏 アタシのつわりは……ふみの時は、なぜかこの私が[※10]、餡子の入った揚げパンだった（笑）。正人の時はトマト。生のトマトで正人は育ったぐらい、トマト以外はアウトだった。ちょうど教員の30歳宿泊研修の時が臨月で、研修所で何も食べられなくて、研修班のリーダーの先生が、わざわざトマトを買いに外出してくれたりしましたねえ。

ロ 私は、長女みいちゃん[※11]の時は白菜が主食で、次女まあちゃんの時はカップ焼きソバUFO。二人の個性がそこで決まったかのような。

夏 どんな個性だ（笑）?! ニックと世界を旅していて、これだけは一口も食べられなかったという食べ物はあった？

ロ 見ただけで、ごめんなさい、と頭を下げたのが、アムステルダムの生肉バーガー。30年前、友人のバイオリニスト、クリスチャン・ボアが主催する音楽祭にニックが常演してた頃、街のカフェで生肉バーガーを食べて、ハードスケジュールをこなしてたんだって。私を連れてその店に入り、「だまされたと思って食べてみろ」と言われても、どう見ても生肉なんで、ボーゼンと皿を見るのみ。ニックも一口、二口、食べて止めた。「俺ももう若くないってことか」と、しみじみ呟いてた。

私は生肉タルタル系がNG。寿司ネタにネギトロってあるでしょ？絶対注文しない。ニックや娘達はタルタルステーキが好きだけど、

め、句集『野路菊』を自費出版。俳号は信野。

※10 なぜかこの私が 姉夏井の伝説に、「組長は甘い物が苦手。だが赤福だけは食べる」がある。確かめてみたら、「甘い物は好んで食べない。赤福だけ食べることはない。多分、食べないわけにいかない雰囲気だったんでしょう」とのこと。

※11 長女みいちゃん 妹ローゼンの長女。ボーイフレンドのアダムと共演のリサイタルを聞きに、年1回、NYへ行くのがローゼンの楽しみ。

私は一口たりとも食べられない。

夏　アタシャ、タルタルソースが好き。

口　私も好き。胡瓜のピクルスと卵のみじん切りとタラゴンを入れたソースに、フィッシュ・アンド・チップスをディップして食べたら最高！

夏　アタシャ、牡蠣フライ。

春愁[※12]のいろにタルタルソースかな　夏井いつき

夏　食べたいのに食べられなかった、という旅の経験はある。
全国各地を回っていると、思わぬことが色々と起こる。句会ライブを終え、楽屋でお弁当を頂き、お別れをして次の街へ移動、というのが普段のスケジュール。その日のうちに新幹線と在来線を乗り継いで広島から鹿児島の南端まで行くはずが、目的地まで辿り着けず、手前の町に泊まる、なんてことはざらにある。ホテルのレストランは全部閉まっている、飲み屋さんでもないかと外に出たら雨が降ってくる、コンビニに駆け込んだら品揃えが無い。そういう寂しい夜があった。楽屋に弁当の一つ、お茶の1本も無いという悲しい夜もあった。普通は代理店さんが先に入って手配をしてくれるから、地元の主催の方々はそれを信じて何もしなかった。手違いで代理店も手配していなかった。そういう時に限って、街にコンビニが一軒も

※12 春愁のいろにタルタルソースかな
季語「春愁」〈春・人事〉

※13 カロリーメイト
妹ローゼンのバッグには、カロリーメイトと水筒が必ず入っている。「人生どこでどんな災難に遭うかわからない、備えぁれば憂いなし」。

※14 秋涼し手毎にむけや瓜茄子
季語「秋涼し」〈秋・時候〉
『奥の細道』行程中、金沢にて。芭蕉は信奉者の一笑に会うのを楽しみにしていたのだが、前年の冬に早逝したと聞く。一笑の兄の催す追善供養や、草庵に招かれて句を献げた中の一句。

夏

無い。会館の中の自動販売機に入っていた朝ご飯代わりに囓(かじ)るやつ、[※13]カロリーメイト？　あれを囓って、空腹を紛らわした夜もあった。

くわぁ！　仕事終わりに弁当の一つ、ビールの1杯も飲めないって泣けてくる。

でしょ？　テレビ局のスタッフは、美味しい楽屋弁当を必ず用意してくれる（笑）。

食べ物の恨みは深く、感謝も深い。旅の食の思い出は普段の3割増し（笑）。

現代でも旅には苦労がつきもの、芭蕉さん達は奥の細道さぞ大変だったでしょー。命からがら辿り着き、温かくもてなされ、美味しい物を食べたら句会で一句出したくなるわなー。

「[※14]秋涼し手毎にむけや瓜茄子　松尾芭蕉」「[※15]めづらしや山をいで羽の初茄子　松尾芭蕉」、「[※16]梅若菜まりこの宿のとろゝ汁　松尾芭蕉」。

感謝の気持ちがこもってますね。芭蕉さんとはちょっと違う、愉快な「食べ物俳句シリーズ・ご挨拶句編」！

[※17]歯に潰れしが蛍烏賊の眼であるか　夏井いつき
[※18]爆弾のごとくろぐろと高菜鮓
[※19]穴子丼がしがし明日は早立ちぞ

※15 めづらしや山をいで羽の初茄子
季語「初茄子」〈秋・植物〉
『奥の細道』行程中、羽黒山で7日間参籠後下山。鶴岡藩士長山重行亭にてご馳走された茄子への挨拶吟。江戸では食べられない、珍しい出羽の茄子、しかも初茄子。

※16 梅若菜まりこの宿のとろゝ汁
季語「とろろ汁」〈秋・人事〉
江戸へ旅立つ弟子の乙州(おとくに)へのはなむけの句。丸子宿は、東海道五十三次の20番目の宿場。自然薯を使ったとろろ汁が名物。

※17 歯に潰れしが蛍烏賊の眼であるか
季語「蛍烏賊」〈春・動物〉

※18 爆弾のごとくろぐろと高菜鮓
季語「高菜」〈夏・植物〉

※19 穴子丼がしがし明日は早立ちぞ
季語「穴子」〈夏・動物〉

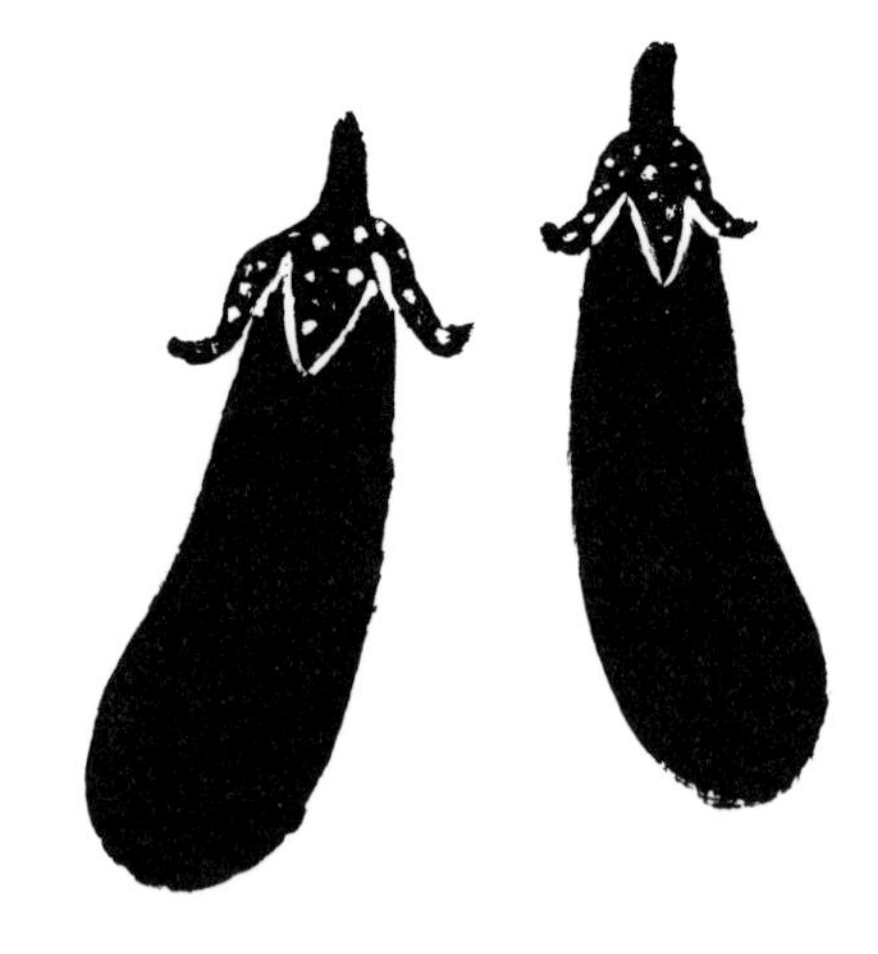

第3章
大勢で囲む食卓

蕗そらまめ花見簞笥にみどり添ふ

大野林火（おおのりんか）

季語　花見／春・人事

桜の花を愛でること。昔は、家族揃って花見に行く時に、食べ物や取り皿、酒、盃などを詰めた花見簞笥（だんす）を持参した。人々は、短い花の盛りを様々に楽しむ。

　心浮き立つ花見の席に、いよいよ花見簞笥が広げられ、色とりどりのご馳走が並んでゆく。重箱から溢れる桜色の鯛や海老、寿司や赤飯や卵焼きの彩りの傍らに、走りのそらまめの鮮やかな緑や、薄味に炊いた蕗（ふき）の淡い緑が、ことに新鮮に見える。

おなぐさみの記憶

口　私とお姉さんは二つ半違うから、私が生まれてからものごころつくまでの出来事をお姉さんは知っている。山梨の講演会[※1]で、「紺絣（こんがすり）[※2]春月重くいでしかな　飯田龍太」の句に触発されて、紺絣の着物と父にまつわる思い出が蘇った、という話も初めて聞いた。この句の花見箪笥みたいな物を持って、家族でお花見や磯遊びに行った思い出もかすかにある。

「重箱に鯛おしまげてはな見かな　夏目成美」[※3]を読むと、この鯛は見たことあると思う。

夏　あるある。お花見とは言わんかった。「おなぐさみ」と言いよった。これは子規も『墨汁一滴』の中で使っていた言葉。子規達は、川原でおなぐさみをしていた。

家族や近所の人も誘い合わせて、お弁当の重箱を提げて、川原の石で作った竈（かま）に火を熾（おこ）して、川の水を沸かしてお茶を淹れて、ご馳走をばあっと並べ、みんなであちこちつついて食べる。食後、女の人は摘み草、子どもは鬼ごっこをして遊んで、最後に重箱も川の水で洗って帰る。

口　おなぐさみ、という言葉に聞き覚えがあるような無いような、やっぱ無い。

夏　うちらの実家は、山へも海へもおなぐさみに行きよったよ。寺山の桜の下でおなぐさみ。浜でおなぐさみする時は、正じいさんの機械船で行った。

※1 山梨の講演会
2019年10月3日甲府市の山梨県立文学館にて行われた、山梨の俳人飯田蛇笏・龍太父子をしのぶ碑前祭での講演「龍太に何を学んだか」。龍太俳句との出会いや、俳句の魅力を語った。

※2 紺絣春月重くいでしかな
季語「春月」〈春・天文〉

※3 重箱に鯛おしまげてはな見かな
季語「花見」〈春・人事〉

ロ　はやぶさ号か……あのポンポン船で宇和島の歯医者に連れて行かれた。船に酔うわ、歯医者は怖いわ、船から落ちるわ。大波が来て揺れて、甲板から海にころがり落ちて、おじいちゃんのタモ※4で、私が掬い上げられた。

夏　塩子※5、鹿島、柏崎、元越(もとのこ)などの海岸に、はやぶさに乗って行って、入り江につけて、海で泳いで、浜に座ってお弁当を開いた。取っ手で提げる籐籠(とうかご)の、引き出しが何段かある、「おなぐさみセット」を、千代子ばあさんがどこからともなく出してきて、そこにご馳走を詰めるのが、ものすごく楽しい儀式やった。

ロ　おなぐさみって言葉、今は残っていない。春のお節句イコールおなぐさみなんよ。

夏　お弁当の後で、浅蜊(あさり)を掘ったね。それは好きやった。帰ってから布団の中で目を閉じると、瞼(まぶた)の裏に浅蜊がざくざくと。一つの重箱の蓋を取ると、おはぎがぎっしり詰まっていたような映像も浮かぶ。

ロ　おはぎも山ほど作りよった。千代子ばあさんのおはぎが評判で、お彼岸に村中に配りよった。裏の橙(だいだい)の畑に蓬(よもぎ)摘みに連れて行かれた。お餅に搗(つ)き込んだ蓬はいい匂い。草餅も、山ほど搗いて村中に配りよった。蓬まんじゅうも、蒸しパンも、蒸し器でたくさん蒸した。高血圧の正じいさんの為に、ジューサーで青汁も作りよった。

夏　子どもがおはぎを配る係やったよね？　重たいおはぎの重箱を風呂

※4 タモ
タモ網。竹や針金の枠に網状の袋を張って柄をつけて、魚を手で掬うのに使う小形の網。

※5 塩子、鹿島、柏崎、元越
愛媛県の由良半島にある海岸や入り江。珊瑚礁の海が澄んで美しく、シュノーケリングなどが盛ん。特に「もとのこ」は、砂地の遠浅の浜だったため海水浴の家族連れに人気があった。

敷に包んで、えっちらおっちら運んで行くと、その家の人がおはぎを皿に移し、重箱はその場で洗って返す。玄関で待っている子どものために、空の重箱にキャラメルや風船ガムを入れてくれる。ところが、米粒しか入ってない時もあってがっかり。

「オ萩クバル彼岸ノ使行キ逢ヒヌ　正岡子規」[※6]、この場面も、昔経験したような。

夏

南予（なんよ）[※7]の実家はまさに、「大勢の食卓」。祖父母に両親に子ども二人の6人家族で、時々叔父叔母も居て、父がお客さんをしょっちゅう連れてくる。

高知県寄りの南予地方の文化として、食卓に食べきれないほどご馳走を並べる。皿鉢盛り（さわちも）[※8]というのがその代表。食べきられたら、おもてなしが足りなかったということ。有り余るご馳走を用意し、必ず帰りがけに残りを詰めて持って帰らせる。その習性が今もアタシに残っている。飲み会の翌日は1日中、残り物を兼光さんと二人で食べ暮らす。

ロ

アメリカでは、ディナーの最後に食べ物が皿に残っているのは、残念な光景。客が食べきれる適量を出すのがマナーで、勝手にお代わりをよそって勧めるなんて論外。

日本の打ち上げで、大勢でビアガーデンやバイキングに行くと、女性が適当に見つくろった食べ物の皿を男性に運んであげるでしょ？「若いのに気が利くね」とか。アメリカじゃ、「好きかどうか聞きも

※6 オ萩クバル彼岸ノ使行キ逢ヒヌ
季語「彼岸」〈春・時候〉

※7 南予
愛媛県（伊予）を、東予、中予、南予と3つの地方に分けた一つで、県の西南部に位置する4市5町からなる地域の総称。

※8 皿鉢
第2章「人生最高のスイーツ」※3P75参照。

せず、アレルギーや宗教的タブーを確かめもせず、食べ物をいきなり押しつける無礼な女」と言われる。気を利かさず、頼まれるまで何もしないのが無難。

夏　言葉にする文化と、言葉にしない文化。昔からアタシは、亀代さんの手伝いをして、父の飲み会のお客さんの接待でもないけど、言われなくてもビールを運んだり、皿を洗ったり。

ロ　最初から最後まで宴席に居たよね、飽きもせず、飲みもせず。

夏　飲みもせず！　酔ったおっちゃんらの話を聞くのが嫌いじゃなかった。仕事の話だけやなくて、釣りの話やら、酒の話、文学談議もあれば、人生も語られよった。旧郵便局の2階に、郵便の外勤のおっちゃんらが集まって、あの村に酒場なんかなかったけん、新年会、忘年会、何かというとあそこで飲み。

ロ　父は郵便配達の人や青年団や学校の先生を引っ張ってきて飲むのが好きやった。集まりたがり屋やった。お姉さんもそれは一緒やね。私は宴会の喧噪を遠く聞きながら寝るのが好きやった。うるさい方がよく眠れた。

夏　アンタはいつの間にか逃げて、母の手伝いや後片付けの時アンタの姿はなかった。アタシは、ビールが足りんのやないか、と常に心配する子どもやった（笑）。亀代さんに、農協までビールを買いに走るけん、アンタは冷蔵庫からビールを出してや、とか言われて。

口 ふみちゃんはそういうとこ、お姉さんに似たんじゃないの。私は郵便局の屋根に跨がってギターを弾いてた。浅田美代子の『赤い風船』[※9]って歌。誰かが郵便ポストに手紙を出しに来ると、屋根の上から、「あの、子は、どこの子」って声を張り上げた。白いギターに憧れて、普通のギターに白いペンキ塗ろうと思った。

夏 アタシは母屋の2階の廊下から屋根に上がって、干した布団に寝転がって海を見るのが好きやった。

口 屋根で干した布団は、潮の香が染みついて臭かった。大勢の大人の中の端っこでご飯を食べるのが当たり前やった。子ども優先の時代じゃなかった。私が大皿に手を伸ばすと、「お姉さんから」と怒られた。従兄弟がたくさん集まると、気が気じゃなかった。

夏 当たり前のように大きな丸い円卓があって、正おじいさんにまず皿が運ばれて、お父さんに運ばれて、当たり前に序列があった。千代子ばあさんの料理は美味しかった。『家の光』の料理のページを切り取って集めていた。白身を泡立てたメレンゲオムレツなんて、シャレたもん食べている子どもは、当時村にいなかった。

口 だまされたような中身スカスカのメレンゲオムレツ。おばあちゃんはドーナツも揚げてくれた。当時ドーナツなんか売ってなかった。品揃えの悪い農協と、みよばちゃんとこ[※10]の店と2軒しか無かった。私は、学校帰りにみよばちゃんとこに寄って小遣いでラーメンを食べてた。

※9 赤い風船
浅田美代子のデビューシングル。TBSのホームドラマ『時間ですよ』に銭湯のお手伝い美代ちゃん役でレギュラー出演し、屋根の上のギター弾き語りにより人気アイドルとなった。妹ローゼンは中学時代、美代ちゃんと同じチェックのシャツにオーバーオールを着て、髪をツインテールにして、屋根の上でギターを弾いていた。

※10 みよばちゃんとこの店
吉良商店。夏井姉妹の子ども時代、故郷の村にあった農協以外で唯一の商店。パン、駄菓子、おかず、ちょっとした文房具や化粧品、釣り客相手にうどん、ラーメンなども出していた。姉妹の祖母は、吉良商店の女主人の「みよさん」と仲が良く、暇があればお喋りに通っていたので、姉妹も「みよばちゃん（みよ小母ちゃん）」に、かわいがってもらっていた。

夏　亀代さんが、台所に手を出さなかったのは、うまい役割分担やった。自分は郵便局員として父を助けて働き、家族の為に給料を稼ぎ、窓口の事務や電話交換や、家では掃除洗濯アイロン掛けに精を出して、料理は一切しなかった。

兼　今、ちょうど、農園たやの野菜詰め合わせ[※11]が来ましたよ。見る（と、箱の中身を画面に映す）？

口　わあ、新鮮で美味しそうですね。

夏　そうそう。福井の農園たやと、それから北海道の酒井おかわり[※12]の海産物のセットも色々ある。コロナで海産物の販売も大打撃で、いったん戻りかけていた観光客が新たなクラスター発生でまた皆無になったって聞いて、いつき組の組員さん達が呼びかけて応援しているらしい。

兼　天然紅鮭、タラコ、明太子、ホタテ、ニシン、ホッケ干物、サーモン刺身とか。「オカズセット」というのが人気らしいよ。

口　蟹もあるんですか？

兼　蟹もあるある。本ズワイ蟹2kgとか。お刺身用の帆立貝の貝柱1kgとかね。色々あるよ。フェイスブックから注文できるので、うちも時々注文さしてもらう。

夏　ほんの気持ちやけどね。

口　「ほんの気持ちの松茸を贈られて」という句を昔詠んだ。「ほんの気持ち」という言葉も日本ならでは。

※11 農園たやの野菜詰め合わせ　第2章「豪雪遭難とハンバーガー」※14 P72参照。

※12 酒井おかわり　いつき組組員。北海道にて海産物の販売を自営でやっている。コロナ自粛中は観光客の激減やイベント中止などによりキャンセルの出た新鮮な海産物を、フェイスブックを通じ格安で通販中。いつき組有志も宣伝・応援中。

英語では、「ほんの気持ち」や「寸志」は「Small gift」という。「粗品」や「つまらない物ですが」という挨拶は英語には無い。「オー！　マツタケ！　ワンダフル！　何故これをつまらない物なんて言うんだ？」と、訝(いぶか)られる。「松の葉[※13]」も素敵な言葉だけど通訳できんわ。

家族十人鳴り物入りの松茸飯[※14]　夏井いつき

※13 **松の葉**
贈答品の熨斗に書かれる表書きの言葉。「粗品」「寸志」等と同じ。「松の葉で包めるくらいのほんの気持ちです」という意味で使われる。

※14 **家族十人鳴り物入りの松茸飯**
季語「松茸飯」〈秋・人事〉

ざつくりと割れたるものを闇汁に

岸本尚毅

季語 闇汁／冬・人事

冬の夜、室内の電灯を消し、暗闇の中で、各自持参の具材を鍋に投入する。全員が恐る恐る鍋をつつき、思いがけぬ物が箸に引っかかって叫んだり、笑ったりして盛り上がる宴会の余興。

ざっくりと割れた物を持って来て、闇汁に入れた人がある。今、自分の箸にそれが引っかかっている。箸で触れた感触では、ざっくりと割れていることしかわからない。思い切って椀に取って匂いを嗅いでみようか。

ほうとうはうどんか鍋か

夏 あら、鍋の話?

ロ いえ、ほうとう[※1]の話です。ほうとうって、うどんか、鍋か、考えたことがあって、その時、ローゼン的うどんの定義を「啜り込む」に定めました。

夏 ほうとうは啜り込まない?

ロ 啜り込めない、むしろすいとん[※2]に近い。

夏 ほうとうを我が家に最初に持ち込んだのは、長男正人の嫁、久乃[※3]。久乃のおばあちゃん家が山梨だから、お土産にほうとうを買って来て、久乃が炊いてくれるんやけど、ほうとうって、どろどろなもん?

ロ どろどろだよ。粉が付いたままの麺を汁に入れて煮込むからね。四国の澄みきったうどんのイメージで食べたら、相当どろどろに感じるはず。

夏 松山名物鍋焼きうどんはくつくつに甘く炊いて、香川に行くとコシのある讃岐うどん。食べ物に対する思い込みってあるやん? 自分達の「うどんとはこういうものだ」という定義を大きくはみ出されると、1回シャッターが閉まる(笑)。シャッターを開けて、ゆっくりと食べてみたら寄り添えるってことがありはする。

ロ 山梨の南瓜ほうとうは、私的にはうどんじゃなくて鍋。うどんはうどんが主役、具は脇役。ローゼン的「鍋」の定義は、「具を探す喜び」。ほうとうは鍋の中の南瓜、子芋、じゃがいも、ニンジン、ゴボウ、茸などを一つずつ見つ

※1 ほうとう
主に山梨県で作られる郷土料理。小麦粉を練って切った短い太麺を、南瓜などの野菜と共に味噌汁で煮込む。

※2 すいとん
小麦粉を練った生地を手で千切ったり、丸めたりして、野菜などと一緒に汁で煮る料理。

※3 久乃
夏井&カンパニー副社長で、姉夏井の長男正人の妻。愛媛大学在学中から、久乃は夏井家「御幸ハウス」の下宿の一員で、夏井を「お母さん」と呼んでいた。

ける喜びがある。ほうとうの太麺は、鍋の一員として立派に役割を果たしている。

夏 して、この句は？　闇鍋？

口 岸本尚毅先生には、ふらんす堂ネット句会※4で、勉強をさせてもらってます。投句しても、しても「助詞」が赤字で直されて返ってきます（笑）。この句は、「を」が曲者（くせもの）だと思うんだけど？　自分が入れたのか、誰かが入れたのか？

夏 誰かが入れた。ざっくりと割れている物は何だろう？　と考えている作者が見えるから面白い。読み手もこれは何だろう？　ナマコか、アケビか、はたまた古靴か？なんて不気味さを楽しめる。

口 私はフランスパンかなって思った。ざぶざぶに汁気を吸って割れた。ところで、闇汁ってやったことある？

夏 題詠では詠むけど、実際にやったことはない。

口 私もないのだけど、ブロンクスに住んでた頃、こんなことがあった。ニックの下宿に音楽仲間を呼んで、鱈や蟹や伊勢海老まで買って来て、秘蔵のマロニーちゃん※5も入れて、豪勢なちゃんこ鍋を始めたら、その一人が、同じ鍋に箸を突っ込むなんてできないと言い出し、ユダヤ人のチェリストには、中に何が入ってるかわからないのが怖い、と拒否された。思わず私は日本語で、心でツッコんだよ、叫んだよ。

※4 ふらんす堂ネット句会
俳句・短歌・詩・エッセイなどを中心に刊行している出版社ふらんす堂では、毎月、東京・神奈川などで有名俳人の指導句会（自粛の現在はネット句会）を開催している。ふらんす堂の会員になると『ふらんす堂通信』という雑誌が届き、ネット句会の割引もある。

※5 マロニーちゃん
妹ローゼンは、シラタキよりもコンニャクよりも、マロニーの大ファン。アメリカに住んでいた頃も日本食品店で日本よりも高価なマロニーを買い、日本から送ってもらう荷の中にもマロニーを入れて貰っていた。偶然、姉夏井の夫の兼光さんが、かつてCMプロデューサーとして「マロニーちゃん」（中村玉緒が出演するマロニーのテレビCMシリーズ）などを手掛けていたと聞いて、感激した。

ロ夏

闇汁じゃないんだから。

高級海鮮ちゃんこだよ！

おかげで鍋をキッチンに下げ、私が鍋の番をせねばならんわ、一人ずつスープ皿に取り分ける内に冷めてしまうわ。全員が卓に着いたまま、わいわい料理して、好きな物を取って食べる、という鍋の楽しさが台無し。

でもね、豚肉を食べない戒律を守るユダヤ人にとって、日本のラーメン屋や中華レストランは、ほぼ闇汁体験なのよ。チャーシュー麺からチャーシューは取りのけても、炒飯の細切れ焼き豚を完全に排除するのは無理だし、スープが豚骨でおまけにラード炒めの野菜が載ってたら、知らぬ間に豚肉を食べさせられ、戒律を破らされてる。

ニックはそこまで厳格な信者じゃないけど。

ロ夏

かなり厳格じゃない信者のような気がするよ。

それはともかく、ニックの従兄弟のロン一家5人がLAから日本に遊びに来て、東京、京都、広島と回って、箱根にも寄って、山梨に来て、「ほうとう」の初体験をした！

ロンは引退後の小錦サイズくらい大きくて、妻のシンシアはモデルみたいに痩せてて、二人ともドクターのお喋り好き。ローゼン一族はユダヤ教のラバイ[※6]のような指導者タイプばかり。私の顔を見ると、「どれ、どのくらい英語が上達したかね？」、「こんな単語を知ってるかい？」とロンの英語テストが始まる。長女は美人弁護士、次女は

※6 ユダヤ教のラバイ
ラビ。ユダヤ教における宗教的指導者、学者。米国ではラバイと発音する。ヘブライ語のラビは「わが師」の意味。ラビを呼ぶ時は、姓の前に「ラビ・○○」と付けて敬意を表す。ローゼン・ニックの話によると、「昔ユダヤの村では一番美人で健康で賢い女性をラバイが娶る習慣があった。ラバイの子孫は代々ラバイになるので、ラバイ自身も益々ハンサムで賢く健康になる。ラバイは、皆の憧れの存在であった」らしい。

やり手の建築デザイナー、末っ子の長男は気の優しい音楽教師。絶景ホテルマウント富士[※7]の和室で、畳に布団で雑魚寝を希望。枕投げも教えた。

ディナーの前に我が家でカクテルをもてなしてから、ほうとう小作[※8]へ繰り出した。メニューを見て、彼らは驚いた。ほうとうの基本かぼちゃほうとう1200円の他に、豚肉ほうとう、ちゃんこほうとう、鴨肉ほうとう、茸ほうとう、あずきほうとう、辛口カルビほうとうと順に値段が上がっていって、猪肉ほうとうが2100円、熊肉ほうとうが3500円！　一番高価なのは、何ほうとうだと思う？

夏　フカヒレほうとう？

口　惜しい。すっぽんほうとう、4100円！

夏　へえ。熊肉ってアタシら食べたことある（と、兼光さんに聞く）？

兼　鴨、すっぽん、猪はあるけど、熊はないなあ。

口　「熊を見し一度を何度でも話す[※9]　正木ゆう子」の句みたいに、一度熊を食べたら、一生その話をしそう。

兼　ツキノワグマはうまいらしいね。
冬眠に備えて脂肪の多いドングリを大量に食べて脂肪を蓄えて、脂身は猪肉に近い味で全然臭くない。すき焼きのように醤油と砂糖で長葱と一緒に煮るって聞いた。

夏　ドングリを食べる高級豚なら食べたことある。

兼　イベリコ豚。

※7 ホテルマウント富士
見ると幸福になると言われる「紅富士」をはじめ、「ダイヤモンド富士」「パール富士」などの様々な富士が見られる。桜や月、紅葉、雪などの季語と共に富士山を楽しめる絶景ホテル。

※8 小作
甲州ほうとう小作。地元で愛される伝統の味「ほうとう」をはじめ、人気のB級グルメ「鳥モツ煮」や、「馬刺し」「煮貝」などのメニューが人気。観光客の姿が多い。妹ローゼンの観察によると、インド人団体は、ほうとうよりも「天丼」を好む傾向があるらしい。

※9 熊を見し一度を何度でも話す
季語「熊」〈冬・動物〉

ロ 豚肉ほうとうは食べられないんだよね……私以外全員ユダヤ人だから。

夏 熊は食べてもええの？

ロ 戒律的にはOKだけど、食べられなかった。

小作のほうとうって大鍋で出てくるから、二人で一つ注文すれば十分。大人は南瓜ほうとう、若い者は南瓜と辛口カルビほうとうの二つを3人兄弟で分けて食べたんだけど、みんな大喜び。

ほうとうはアメリカ人好み。クラムチャウダーとかブレッドボウル[※10]とか、小麦粉ジャガイモ系のスープが彼らは大好きだもん。「HOTOは、ミソスープテイストのパンプキンチャウダー」と紹介したら間違いなし。

食べ終わって、ニックが、「日本の畳の座敷レストランでは、食後に寝て休むのがマナーなんだよ」と教え、掘り炬燵に座ったまま後ろに、ばたんと寝てみせたら、ロン一家も5人揃って、ごろんごろんと寝ころがった。そこへ入って来た日本人客が指さして、くすくす笑ってた。小作の人も何も言わずに、アホな外国人家族を温かく見守ってくれた。

夏 何も言えずに(笑)？　その写真、アンタのブログ[※11]で見た。犬のかぼちゃんがえらい懐いていた巨大なおじさんがロン？

ロ そう。実は、広島からフェリーで瀬戸内のベネッセアートサイト直島[※12]へ行く予定だったんだけど、天候が悪くて断念した。次に来日し

※10 クラムチャウダーとかブレッドボウル
アサリなどの二枚貝(clam)、じゃがいも、ベーコン、クリームなどを煮込んだ具だくさんのスープがクラムチャウダー。サンフランシスコではサワードウブレッドをくりぬいてクラムチャウダーを入れたブレッドボウルが名物。

※11 ブログ
妹ローゼンのブログ『ミセスローゼンの富士日記』。作家武田泰淳の妻武田百合子の『富士日記』に敬意を捧げて付けたタイトル。山中湖の夫婦と1匹の暮らしを俳句や音楽と共に語る。元々は、NYに住んでいた頃、祖国の姉夏井や友への安否確認の目的で始まった。
https://blog.goo.ne.jp/msgecko

※12 ベネッセアートサイト直島
直島、豊島、犬島を舞台に、ベネッセホールディングスと福武財団が展開するアート活動。

たら直島と松山に来てもらおう。

四国のうどん体験もしてもらえばいい。

あ、そういえば、山梨には「吉田のうどん」もあった。

聞いたことはあるが、食べたことはない。

山梨に仕事で行くと、あっちでほうとう、こっちでほうとう、うちのほうとうが一番うまいとどこでも言われ、吉田のうどんまでまだ辿り着けない（笑）。

まさにこれが私の、「うどんでシャッターが閉まった」体験です。

ええー？　うどんはうどんやろ？　どこの店が美味しいの？

うどん県の香川県ほどじゃないけど、富士吉田市内にもたくさんある。富士山絶景[※13]ヘアサロンパーチェムのオーナーカズさんいわく、「住民一人ひとりが贔屓の店を一つずつ持つ」というくらい、それぞれの店に個性がある。

私は、山梨かたつむり句会の[※14]明子さん夫婦に案内されて、桜井うどんという老舗で初体験した。[※15]吉田のうどんマップの16番。富士みちという通りから路地を入って、昭和のうどん店みたいな店構え。使い込まれた畳の小上がりに座ってメニューを見ると、温かいうどん、冷たいうどん、の2種類のみ。おかみさんに、「あったかいの」って頼んだ瞬間、店に居る他のお客さんと仲間意識のようなものが生まれる。

松山の[※16]ことりとアサヒも、メニューは「鍋焼きうどん」だけ。

※13 ヘアサロンパーチェム
「寝る前に読む一句、二句。」の「秋立つや何に驚く陰陽師　蕪村」にも登場した、ローゼン夫婦の専属ヘアスタイリスト宮下一寛が、富士絶景の地富士吉田市にオープンした、フレンドリーでコージーなヘアサロン「Pacem hair design」。

※14 明子さん夫婦
明子さんは、妹ローゼンが指導する山梨いつき組「かたつむり句会」のメンバー。明子さん夫妻の歯科医院の上階に、妹ローゼンの通うバレエ・スタジオ「chouchou（シュシュ）」があり、偶然「夏井先生の妹さん？　プレバト見てます！」と、声をかけられて出会い、友人の薬剤師などが集まり、句会が発足した。

※15 吉田のうどんマップ
富士吉田市の名物「吉田のうどん」のパンフレットには、48店舗が写真と地図つきで掲載されている。

ロ　店構えはちょうどあんな感じだけど、麺が全然違う。讃岐うどんよりも硬い。地元の人も日本一カタイうどんって自称してる。「麺は小麦の味だけすりゃあええ」といううどんの意志を感じる。出汁は煮干に、味噌と醤油を合わせた、やや濁り系おつゆ。具は茹でキャベツと油揚げのみ。唐辛子のすりだね[※17]を使うのが山梨風。ほうとうの店にも必ずある。
冷たいうどんを注文したら、キャベツはうどんの上、油揚げは温かいお汁に入ってくる。冷たいうどんは、温かいうどんより更に硬くてうどんの香りがする。香川の製麺所の店でうどんを食べると、うどんの香りがぷうんと立つよね。

夏　吉田のうどんの具は、馬肉って言ってなかった？

ロ　キャベツと馬肉が基本で、油揚げ、かき揚げ、きんぴらごぼう、生卵、と各店舗ごとにトッピングも違えば出汁も麺も個性があり、「1店舗入って、吉田うどんを制覇した」とは言えない。

夏　うどんマップには何店舗あるの？

ロ　マップには48店舗くらいだけど、市内には60店舗以上ある。富士吉田市は人口が松山市の10分の1くらいだから、うどん店が富士の裾野にひしめいている、と言っても過言ではない。
とにかく百聞は一口にしかず、今度山梨に来たら、ほうとうと吉田のうどんの半日ツアーにご案内します！
ってことで、最後にニックが詠んだ南瓜ほうとうと公魚（わかさぎ）のＨＡＩＫ

※16 ことりとアサヒ
アルミの小鍋で軟らかく炊いた「鍋焼きうどん」は、松山市民のソウルフード。あっさり味ことり派、甘口アサヒ派と、固定ファンが決まっており、「どっちにしよう？」と悩む姿を見たら観光客に間違いなし。

※17 すりだね
赤唐辛子にゴマや山椒を加え炒めた調味料。ほうとう・吉田のうどん店のカウンターやテーブルには必ず置かれている。

Uを一句。

kabocha hoto
wakasagi tempura
eat more in autumn
By Nathaniel Rosen

[※18]かぼちゃほうとう公魚天麩羅もっと秋　鉈煮[※19]

夏

「南瓜」「公魚」「秋」と季語3つやけど、ニックは季語[※20]を使うだけで偉い。

※18 かぼちゃほうとう公魚天麩羅もっと秋
季重なり　※20参照。

※19 鉈煮
ナサニエル・ローゼン（ニック）の俳号。ナサニエルはナタニエルとも発音する。鉈煮える→鉈煮。姉夏井の命名。

※20 季語を使うだけで偉い
外国語のHAIKUは国や地域により、季語を使う、季節感を入れる、季語にこだわらない、などルールは様々。ニックは、詩にもルールがあった方が楽しいという考えから、「有季定型」（5・7・5シラブル、季語あり）HAIKUを心がけている。

茶碗酒どてらの膝にこぼれけり

厳谷小波（いわやさざなみ）

季語 **褞袍（どてら）／冬・人事**

厚く綿を入れた防寒用上着。着物の上に羽織るため、袖が広く長い。関西では丹前（たんぜん）という。綿入れ袢纏（はんてん）は腰までの羽織風の上着で、地方によってはこれをどてら（丹前）と呼ぶこともある。

現代ならば、「茶碗酒ジャージの膝にこぼれけり」。家で存分にくつろいで飲む酒。膝にこぼれるほど笑ったのなら、相手のある酒。一人ならば、膝にこぼすほど深酔いする酒。スルメを狙う猫か孫が膝に乗ってこぼれたなら微笑ましい晩酌。

受験前夜膳・かに道楽

ロ

北国の旅館の大広間で、全員どてらで、脚付きのお膳で頂く食事ってのも私は結構好き。そういえば、次女まあちゃんの受験前夜にも、どてらで大広間で食べました。そこには脚付きのお膳が何台も並び、見渡す限り、母と息子、母と娘の組み合わせが、合わせ鏡のように連なっている。何がびっくりしたって、母はみなツーピースのスーツ、子は制服を着ていた。湯上がりの浴衣にどてら着てるのは、私達母子だけ。二人とも正座は苦手なんで、どてら姿で膝を崩して膳につき、「お姉さん、ここ熱燗一本！」と叫んだら、広間の全員がこっちを見た（笑）。だってお膳の上は日本海の海の幸オンパレードですよ。甘海老、白海老、のどぐろ、ずわい蟹、たらば蟹！　これで熱燗頼まない方が失礼でしょ？　熱燗を運んで来た仲居さんが何の迷いもなく、私とまあちゃんの前に1個ずつお猪口を置いた。「娘は明日受験なので、ウーロン茶ください」と言ったら、隣に正座していたツーピースの母親が私の顔をまじまじと見た。横の学生服の息子も、可愛いどてら姿のまあちゃんをちらっと見た。今度はその母親が仲居さんを呼び止めて、「すみません、ウチの息子は蟹が苦手なので、他のお料理に替えてもらえませんか？」と、蟹の皿を差し出したから、私もぎょっとして、母の顔をまじまじ見た。自分が蟹を二人前平らげて、息子に刺身でもヒレ肉でも好きな物をあげりゃいいじゃん？　まあちゃんも、男子の顔をちら見してた。「こんなお節介な母親もってかわいそう」と思ったんだろうね？

※1 こまどり姉妹
北海道生まれ。双子デュオ歌手。1961年NHK紅白歌合戦に初出場。ヒット曲はソーラン渡り鳥・三味線渡り鳥など。

※2 かしまし娘
正司歌江、照枝、花江姉妹漫才トリオ。「へウチら陽気なかしまし娘、誰が言ったか知らないが、女3人寄ったら、姦しいとは愉快だね……」がお馴染みのテーマソング。

※3 かに道楽の俳句大会
巨大な動く「かに」の看

夏 その息子は、「受験前夜に熱燗頼む母もってかわいそう」と、まあちゃんの顔を見ていたのかも（笑）。

口 お姉さんだって飲むやろ？　子どもの受験前夜でも、海の幸を前にしたら？

夏 それは飲む（笑）。前にも言ったけど、石川県の辰口温泉（たつのくちおんせん）にさっちゃんと蟹食べに行って美味しかった。温泉もよかった。

口 今度は私も誘ってよ。こまどり姉妹[※1]じゃなくて、かしまし娘[※2]で行こうよ。そういや、かに道楽[※3]の俳句大会に入選したと、かま猫さん[※4]が大喜びしてたのを、フェイスブックで見たわ。賞金いくらだった？

夏 あれ、いくらでしたっけ（と、兼光さんに聞く）？

兼 えーと、特選10句に3万円のお食事券、入選50句に1万円分お食事券。今年はかに道楽60周年記念でお題が「60」、賞品も豪華やった。

口 わーお！「〜と〜れとれ、ぴ〜ちぴち、かに料理〜同じのれん〜の〜味つづき〜」ですね。昔これを、「味〜頭突き」と歌ってました。看板の蟹に頭突きされたくらい美味しいんだろうなあ、と思った（笑）。と〜れとれ、ぴ〜ちぴち、かに料理〜。しばらくこの歌が頭から離れそうもない。気を取り直して、「受験子[※5]に肉じゃがたっぷりよそひけり　立石朋」、こんな句も好き。夏井家では受験の夜食に特に何か作った……とかないよね？

夏 特にはない。肉じゃがといえば夏井&カンパニー[※6]のサラメシの定番、さっちゃんの肉じゃが。

板で、大阪道頓堀のシンボルとしても知られるかに道楽が続けている俳句の募集。審査員は姉夏井いつき。

※4 かま猫さん
俳号武井かま猫。「卯浪」所属。いつき組組員。群馬県在住。妹ローゼンとはいつき組「カラオケ部」・「万歳（観劇）倶楽部」の仲間。みごと特選に輝き、3万円のかに道楽お食事券をゲット。「俳句を応援してくれる姉に、1万円分お裾分けしました」とのこと。

※5 受験子に肉じゃがたっぷりよそひけり
季語「受験子」〈春・人事〉

※6 夏井&カンパニーサラメシ
夏井&カンパニーでサラメシの腕を振るうのは、社長兼光さんの妹さっちゃん。ラジオ番組『一句一遊』の仕分けと予選で大わらわの隔週月曜の定番となっているのが、社員に大好評のバターチキンカレー。

ロ サラメシって何ですか?

兼 NHKで中井貴一が色んなサラリーマンのランチを紹介する番組名。

ロ へえ、知りませんでした。夏井&カンパニーに中井貴一来る時は教えてください。私も参加したい。

夏 中井貴一が取材に来るんじゃなくて、視聴者がサラメシを投稿する。

ロ へぇ。じゃあ、早速投稿しましょう!

夏 社員のみんなに人気メニューのアンケート取ろうか?

兼 今、LINEで聞いてみるから(と、聞いて、即結果出る)。

ロ 結果早っ。では発表〜ぅ!! 1位は、じゃーん、クラムチャウダー5票!! そして2位は、一句一遊選句作業日のバターチキンカレー4票! あとは鶏モモ焼きの葱甘酢ソースかけ2票、レンコンサラダ2票、手作りレアチーズケーキ2票、ハヤシライス2票、春雨を使った副菜1票、炊き込みご飯1票、高野豆腐1票、皿うどん1票、エビフライ1票、エビチリ1票、煮込みハンバーグ1票、野菜たっぷり載せたキーマカレー1票、ポタージュスープ1票。美味しくて、身体にも優しいメニューが一杯ですねっ!

夏 クラムチャウダーが1位か! バターチキンカレーも上位に来ると思った。昨日は鰺フライとささみフライでした。アタシはさっちゃんの揚げ物が好き。あと、こんくらいの小っこい煮込みハンバーグ、お肉と糸こんの炊き込みご飯。唾が湧いてきた。

ロ 私の作る肉じゃががニックに不評で、さっちゃんの肉じゃがは美味

※7 松山はいくガイド
妹ローゼンは、「俳句を一緒に作りながら俳都松山を町歩きする観光ガイド」の初代チームの一員。「俳句」と「まち歩き(ハイク)」をかけて『松山はいく』と命名された。日本人だけでなく、外国人観光客とも英語でHAIKUを作りながらGI

口夏

しい美味しいと食べるので、我が家の肉じゃがの何がダメかよく考えてみたら、じゃがが粉をふきすぎるのが原因だった。

ほら、うちらの母の肉じゃがって、粉ふき芋化してたでしょ？ ジャガイモが肉汁を吸いきって肉がパサパサ。さっちゃんのじゃがは軟らかすぎず、肉がジューシー。ああ社食ってやっぱいいわぁ。

アンタ社食って、他にどこか知っとるん？

保険会社のバイトをしてた頃は、可愛くない制服を着て社食で食べてた。松山[※7]はいくガイド時代はガイド仲間とランチの食べ歩きをした。美味しい店を見つけたらお客さんに紹介できるから、趣味と実益を兼ねて。あと大阪芸大[※8]の学食が好きやった。おうどんがめっちゃ美味しかった。素うどんにコロッケ載せて毎日食べた。それで100円とか？ とにかく安かった。宇和島東高にもうどんコーナーがあったでしょ？ うどん当番やるとうどん2杯タダで食べれた。下宿の弁当箱は白米ギッシリに小梅1個、おかずは炊いた糸コンニャクだけだったから、うどんをおかずにご飯を食べてた。親友みっちゃん[※9]が、自分で手作りしたお弁当のウィンナーや卵焼きを分けてくれた。学校帰りに前の店でパンを買い食いした。高校時代は何を食べても美味しかった。早くコロナに退散してもらって、松山に帰って夏井&カンパニーのサラメシに参加したいです。中井貴一さ〜ん、『嘘八百シリーズ』[※10]大好きで〜す。

NKO（吟行）したり、HAIKU TOWN MATSUYAKA（俳都松山）の宣伝活動を、ブリュッセルやロサンゼルスなどで展開した。

※8 大阪芸大
大阪芸術大学。西日本における総合芸術大学としては最大規模。妹ローゼンは、舞台芸術学科卒業。

※9 みっちゃん
姉妹の出身校、宇和島東高校における妹ローゼンの親友。ローゼンが、映画通のみっちゃんに連れられ初めて見た映画は『The Devil's Rain 魔鬼雨』というホラー映画。何度も何度も見に行き、映画雑誌を借りて読み耽る内、女優になろうと思い始めた。

※10 嘘八百シリーズ
監督は武正晴、主演は中井貴一と佐々木蔵之介の映画『嘘八百』と『嘘八百京町ロワイヤル』。古物商と陶芸家の骨董コンビが巻き起こす良質のコメディ。

コロナ禍での夕食難民

2020年から始まったコロナ禍。何が大変って、旅を住処とする私達にとって、夕飯が思うように食べられない事態が長く続いたことだった。

コロナ禍ゆえ、どこに行っても極力出歩かないと決めていた。句会ライブ・講演会の会場、ホテル、駅・空港以外には足を踏み入れない。食事は全てホテル内の店でと決めていた。

ところが、地方のホテル内のレストラン等は、一時閉店している所が多く、開いてる店に入ろうとしても「予約のお客さんのみです」と断られる。

東京では、世田谷のスタジオで収録が終わって品川のホテルまで戻ると、ラストオーダーの時間が過ぎてしまう。6時半がラストでは間に合うは

ずがないのだ。かくして私達はスタジオ前にある小さな寿司屋『鯉寿司』にて、生ビールを一気飲みし、慌ただしく2、3品を掻き込み、閉店の7時までに店を出るという荒技もやっていた。

全くもって困った日々ではあったが、夕食難民をそれなりに楽しめたのは、ケンコーさんと二人だったから。何を食べるかではなく、誰と食べるか。ここは、ちょっと惚気(のろけ)ておこう。

蓬食べてすこし蓬になりにけり

正木ゆう子（まさきゆうこ）

季語　**蓬**（よもぎ）**／春・植物**

野山や里に生えるキク科の多年草。草の香が良いことから、葉を摘んで茹で上げ、細かく刻んで蓬餅や蓬団子に搗き込むため、「餅草」と呼ばれる。昔から身近な薬草として使われてきた。

蕎麦の大食いをして蕎麦人間になってしまう落語「そば清」のように、蓬の天麩羅や、蓬のおひたし、蓬そうめんなどを食べ、蓬の香に包まれていると、美しい緑色の蓬人になってしまうこともあるかもしれない。

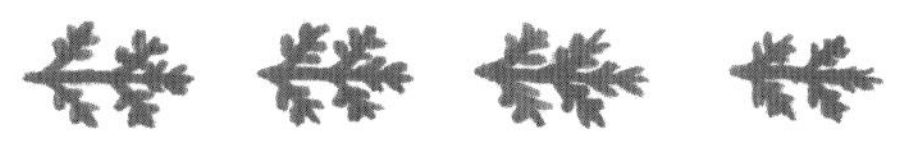

Zoom過越祭

ロ夏

すこし蓬になってしまう人って、どんな人？

私はね、『源氏物語』の蓬生(よもぎう)[※1]の巻を思い出す。光源氏が須磨へ追われた後、あの赤鼻の末摘花(すえつむはな)は一面蓬だらけの荒れ果てた屋敷で一人ぼっち。源氏が都に帰って来ても忘れられたま、ひょろひょろと青白く痩せて頑なに源氏を待ち続ける姫の姿は、蓬ばかり食べて蓬に同化しちゃった人みたい。最後には源氏に引き取られてめでたし、めでたし。

私はね、源氏物語の女達の中で、小犬のように拾われて末永く面倒見られる末摘花に一番感情移入できる。

ロ夏

自分の人生と重ねて(笑)。今回は大勢で蓬を食べる話？

でもないんですが、蓬にまつわる思い出。ローゼン家の「大勢の食卓」は、[※2]ユダヤの過越祭(すぎこしのまつり)に一族が集う晩餐の話。苦菜とか卵とか、一つひとつ意味のある物を食べ、ワインをがんがん飲む。

ロ夏

日本のお正月みたいに？　おせちのような物を食べて？

縁起物ではない。ご馳走ですらない。ユダヤ人がエジプトから脱出した苦労を忘れずに感謝するための不味い苦い味、むしろ粗食。

ほら、レオナルド・ダ・ヴィンチの『最後の晩餐』[※3]って有名な絵があるでしょ？　あれが過越の晩餐、セデルと呼ばれる。

エジプトを脱出した最初の二晩の食事を再現し、血の象徴のワインを飲み、『ハガダー』[※4]という出エジプト物語を読み、奴隷の身分から解放された祖先を祝う。

※1 源氏物語の蓬生の巻
『源氏物語』五十四帖の第十五帖。

※2 ユダヤの過越祭
パスオーバー(ペサハ)と呼ばれるユダヤ教の宗教的記念日。エジプト奴隷だったユダヤ人がモーセに率いられエジプトを脱出し自由の民となったことを祈う(うけ)。神の教えに従って小羊の血を入口に塗ったヘブライ人の家だけは神の裁きを過ぎ越したという故事による祭名。

※3 最後の晩餐
レオナルド・ダ・ヴィンチの絵画。キリスト教の新約聖書等に記されているイエス・キリストと12使徒による最後の晩餐が題材。

※4 ハガダー
過越祭の晩餐に読まれるテキスト。ラバイ(ユダヤ教の指導者)が唱え、一同が唱和する。

夏 今年はコロナの影響で、Zoom[※5]にするから日本から参加しないか、とLA在住のニックの従兄弟ロンに誘われ、私は張り切りましたね。新しい服は買わなかったけど(笑)。

口 Zoomでやる句会や宴会はいつき組でもやっているけど。何人ぐらい参加したの?

夏 参加者の画面の枠が25個くらい並んだから、それぞれに夫婦や家族が参加したとして、100人まではいかないけど、50人以上は居た。逆にZoomじゃなければこんな人数参加できなかった。その時の写真がこれ、その時のメニューがこれ(と、見せる)。

1番目が、マッツァという酵母無しパン。小麦粉と水のみでイーストも塩も入れず簡単に焼ける乾パンだけど、美味しくしてはいけない。エジプトを脱出し、パン種を発酵させる時間も無く野宿して焼いた悲惨なパンの味を忘れまい、という主旨だから。

2番目が、ゼローアという焼いた羊肉。これが唯一のご馳走。エルサレムの神殿に捧げられた羊の象徴。

口 アンタとこがよく食べるラムチョップ?

夏 そう。我が家はビーフよりラム党。普段用に冷凍してある骨付き仔羊の塊肉に、蒜をすり込み、オーブンで焼き、一本ずつ切り分ける。3番目が、ベイツァーというゆで卵。神殿が焼き落とされた象徴。卵を固茹でにした後、殻を直火で炙る。4番目にカルパスという塩水に浸けた野菜。うちではセロリとパセ

※5 Zoom
パソコンなどでオンライン・セミナーやミーティングを開催するために開発されたアプリ。

※6 忍野
山梨県の南東部、富士山麓に位置する。四方を山に囲まれた高原盆地。

※7 ホームバー
自宅の居間などの一角に設えた家庭用のBAR(酒場)。インテリアにもなる。ローゼン家では食器棚の上がホームバー。マティーニ、マンハッタン、マルガリータ、ピナコラーダ、スクリュー

リを用意した。そしていよいよ蓬の登場！　ニックと初めてNYでセデルの買い物に行った時、「母はこんなハーブをセデルに用意していた」と蓬そっくりの香味野菜を選んだ。だから毎年セロリとパセリと、蓬があれば蓬も添えてたんだけど、今年はスーパーオギノに蓬が無かった。忍野（おしの）[※6]の郵便局へ行ったらあるかもしんないけど。

口夏 なんで郵便局に蓬？

ある時偶然、忍野という隣村の小さな郵便局に入ったら、窓口の下で野菜が無人販売されてた。

パクチーとかバジルとか、スーパーですぐ売り切れるハーブ類が一束百円とかで売られ、お代は箱の中に入れて勝手に持ってくの。いいでしょ？

でも忍野まで見に行くのが面倒で、家の周りには蓬が生えてなくて、結局春菊を買いました。春菊も蓬もキク科の仲間。それに我が家のホームバー[※7]にあるチンザノというベルモットを垂らした。

口兼 ベルモットっていうと、ドライマティーニ[※8]を作るやつ？

そうです、そうです。そのベルモットの香りが、最初に買ったヨモギ系ハーブと同じ香りなんでいいかなと思って。

口兼 アブサンも、同じ香りちゃうかな？

そうです。そうです。アブサンもあんな香りです。

5番目にマロールというご先祖の涙を象徴する苦菜。我が家ではホースラディッシュ[※9]の代わりにワサビを使います。

ドライバー、ソルティードッグ、ブラッディーメアリー、ジントニック他が常時楽しめる。シェイカーかミキシンググラスかは必要に応じ使い分ける。アメリカ人の夫はカクテルが数種作れて当たり前で、千津はバーテンダーになる夢を一時持っていた。

※8 ドライマティーニ
マティーニは、ジンベースのカクテルの王様。ジン3に対してベルモット1が標準。4対1がドライマティーニと呼ばれる。ジンとベルモットをミキシンググラスに入れてステアし、冷凍庫で冷やしたカクテルグラスに注ぎ、オリーブ（1個から3個）を爪楊枝的な物に刺して飾る。ローゼン家では大小の夫婦カクテルグラスを使用。

※9 ホースラディッシュ
アブラナ科、耐寒性の多年草。西洋ワサビ、山ワサビ、ウマワサビなどとも呼ばれる。ステーキやローストビーフの付け合わせとして有名。

口夏

最後の食材がハロッセト。エジプト王のためにユダヤ奴隷が作った煉瓦(れんが)に見立てた果汁の練り物。刻んだ林檎に、ナッツ、シナモン、甘いワインを混ぜて作る。

そしていよいよ、2020年4月10日。LA時間の夕飯時、日本の昼時に、ローゼン一族のZoomセデルが始まった。

食材を並べた大皿、赤ワイン、ヘブライ語のテキスト『ハガダー』を食卓に置く。ロンの次女エイミーが画面を操作して、各家族・夫婦の顔が映ると、自己紹介をしていく。私の苦心の盛り付けを見て、よくできたね、と全員が褒めてくれた。

頭にヤームルカ[※10]という小さな帽子をピンで着けた、引退後の小錦くらい目方のあるニックの従兄弟ロンが厳かに開会宣言をして、『ハガダー』の手引きに従い、1回目の祝福、1回目の乾杯、塩水パセリを一口食べ、手を洗う。

食べ始めてから手を洗う?

理由は忘れてしまったけど、「ここで家長が手を洗う」みたいな指示があるの。

他にも「パン種が家の中に残ってないか主婦は確認する」とか、「種なしパンのマッツァを家長が割って砂漠(別室)に隠し、家人が見つけて食べる」などなど、ゲームみたいな指令がある。

これから4時間くらい、一人が1章ずつ『ハガダー』を読み上げ、「ここで塩水につけたセロリを一口」、「ここでマッツァを一口」と、ユ

※10 ヤームルカ
ユダヤ教の民族衣装の一種。小さな皿状の帽子を男性の頭にピンで留める。頭頂を隠すことは神に対する謙遜の意思。シナゴーグなどユダヤ教の聖所に入る時、原則として男子はヤームルカを被る。

ダヤ人がエジプトを脱出した苦難の経緯を、空腹の辛さや、食物の不味さ、苦味で実感していく。ラムチョップどころか、ゆで卵までくるのに延々とかかる。

「ここでワインを飲み干す」「ここでワインを2杯飲み干す」って、やたら空きっ腹にワインだけは飲むから、4時間後には全員酔っ払い(笑)。

夏 食べ物を通じて、五感を使って、歴史を追体験するってのは、興味深い。

ロ 確かに、ユダヤの心がワインの酔いと共に心身に染み込んでくる。

本式には、二晩続けてこの儀式をやるらしいよ。

ホースラディッシュの代わりに、本ワサビのチューブを見せたら、みんな大笑い。

最後にラムチョップにありつけた時は、本当にありがたかった。それでまたワインを飲み、「代々得ぬ」を歌って、また延々と乾杯。

夏 代々得ぬ？　何だそれ？

ロ 本当は『Dahyenu(ダイエヌー)』という歌。私達はもう十分(神の恩寵を)頂いてます、という意味。

ダイダイエヌー、ダイダイエヌー、ダイダイエヌー、ダイエヌ、ダイエヌウウウ、これを繰り返し歌う。沖縄の手踊りみたいなのを踊る人もある。

私達は阿波踊りをやった。お姉さん達に本物の阿波踊りを見に連れ

夏口　　夏口夏口　　兼口

て行ってもらったから、ニックも阿波踊りは大得意。

もう十分、と、代々得ぬ、では意味が逆になるんじゃない？

そうなんだけど、ご先祖の苦難の物語をずっと聞かされるから、代々得ぬ、代々得ぬ、と歌うのが正しいって気持ちになる。

我が家のセデルは、本式のお祭りとは異なり、私の理解不足も多少あるでしょうが、ユダヤ人の歴史を尊重したい、という気持ちでやっています。

ワインを飲む指令が出るってのはいい。

我が家の二日酔いは年に1回、過越祭のワインの二日酔いだけ。

そのワインは、いいワイン？

いいワインです。去年は東京のシナゴーグ[※11]の過越祭に飛び入り参加したんだけど、ワインが高級だった。セデル用に聖別されたワインで、一人3千円だったか、5千円だったか。参加料は忘れたけど、ほぼワイン代だね。あとは粗食に、ラムチョップ一切れだもん。今年のZoomセデルは、コストコで選んだバローロとキャンティを1本ずつ空けた。最近は千円ワインばっかり飲んでるから、久々に美味しかったなあ。

最近はイタリアワインが多いん？

そうなんです。手頃で美味しいから。ニックはフレンチワイン、私はカリフォルニアワインが好きですが高くて買えません。コストコはかなりいいワインがお安いですよ。

※11 東京のシナゴーグ　ユダヤ教の会堂。ユダヤ教会とも言われる。東京都広尾の日本ユダヤ教団本部。コロナ以前にはシナゴーグ見学ツアーなどもあったようだ。ユダヤ人のローゼン・ニックは広尾のラバイ（導師）に電話して、「過越祭に日本人の妻と参加したい」と頼み、快く応じられた。

普段、いかに美食に酔い痴れようとも、春の過越祭に粗食して、秋のユダヤ新年に断食して、反省と感謝を忘れなければ、最低限よきユダヤ人でいられる！

鯛鮓や一門三十五六人

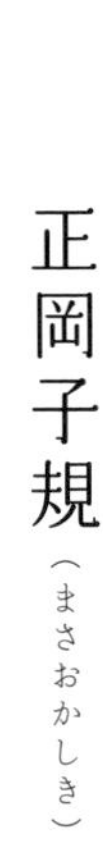

正岡子規（まさおかしき）

季語　鯛鮓／夏・人事

鮓の原型は、魚と塩と飯を漬け込んで発酵させたなれ鮓で、やがて酢を使用して飯に味を付けた押し鮓や、すし飯に魚介を載せた握り鮓に。酢が防腐剤となり、食欲を増進させる為、夏の季語となっている。

下級といえども士族であった正岡家一門の老いも幼きも、男も女も勢揃い、鯛の押しずしを食べる風景。座敷の上座には有名俳人の子規を筆頭に、親族の長老が座し、酒を酌み交わし、久闊（きゅうかつ）を詫び合い、謡（うた）い、笑い、昔話に興じる。

子規の鯛鮓・いつき組花見

口 大勢の食卓といえば、真っ先に浮かぶのが子規さんの句。これは鯛の押しずし[※1]じゃないかと思う。瀬戸内の新鮮な真鯛を昆布締めにして、すし飯の上に押した5合のすし桶が、7、8人で桶一つ食べるとして、最低6つ。鯛は何枚か、米は何升か、酢は何本か、昆布と酒と砂糖と塩と、それに団扇は何枚要るか？　そういうのを考えるのが楽しい。

夏 母親の八重さんと妹の律さんが一所懸命考えて、全員に行き渡るようにせっせと作ったんやろうね。

正岡家は、父が松山藩の御馬廻を勤めていた武士だった。これが句会の後の宴会じゃなくて、一族の集まりだと思うと句の風景も変わる。

口 ほら、漱石の『猫』[※2]に、頭にちょんまげを頂いて生きている静岡の伯父さんに山高帽とフロックコートを誂(あつら)えて送れと頼まれた話を迷亭がする場面があるやん？　もしかしたら、ちょんまげを頂いた老人がちょこんと座っていたかもしれない、この座敷にも。

夏 本当だね！　これだけの親族が集まるというと何かの祝い事かな。

口 鯛だし。

夏 もう一句、「風呂吹の一きれづゝや四十人[※3]　正岡子規」というのもある。これは俳句関係のような匂いがする。

大根だし（笑）。これはね、何かで読んだだけど、根岸の子規庵で催された蕪村顕彰会[※4]に集まった人々が食べた風呂吹き大根だって。ここ

※1 鯛の押しずし
塩をして締めた鯛を鮨飯に載せ、箱型で押し固めた鮨のこと。

※2 漱石の『猫』
夏目漱石の長編小説であり、処女小説である『吾輩は猫である』。1905年から翌年まで『ホトトギス』に掲載。

※3 風呂吹の一きれづゝや四十人
季語「風呂吹」〈冬・人事〉

※4 蕪村顕彰会
明治32年、子規庵で「蕪村忌」が催された折の句。子規の友人、河東碧梧桐の回想によると、「嘉例の風吹五十きれ、一人一きれづつ配りて、僅に十きれを余す、蓋し未曾有の盛会なり」とある。碧梧桐が記念撮影の為、子規を負ぶって席へ下ろす時、「随分軽いな」「そんなに軽いかナ」と会話を交わした、という記述も。

でも八重さんと律さんが、大根が何本あったら全員に一切れずつ当たるか考えて、せっせと炊いたんやろうね。

口 輪切りの大根を一人一つ、大根1本が40cm。輪切り1個3cmとして、先っちょの方は小さいから子ども用にして、1本で輪切り13個とすると、3本ではお代わりができないから、4、5本か、6本あれば心強い。

家庭用の鍋では無理だから、大鍋を近所で借りてくるか。「芋煮会寺の大鍋借りて来ぬ　細谷鳩舎」[※5]という句もある。この日の正岡家の台所の匂いはすごかったと思う。

ニックはおでん大好きだけど、大根の炊ける匂いがダメで、家ではおでん禁止。おでん屋さんと、コンビニおでんをもっぱら楽しむ。

夏 福音寺オフィスのさっちゃんのおでん、喜んで食べよったやん。

口 人ン家ならいいの、大根臭くなっても(笑)。

夏 子規さんの鯛鮓の句は松山のお寿司屋か、お食事処でキャッチコピーとして使われているのを見たような気がする。

口 使われても不思議はないよ。松山鮓[※6]も瀬戸内の鯛が入ってるし。坂雲[※7]人気以来、松山で「もぶり飯」を食べてみたいって人はたくさんいるはず。

子規さんは『一唱三嘆』[※8]の語をもじった『一嘗三嘆』という造語も、松山の鯛料理を紹介する際に使っていたようですね。

夏 一嘗(な)めで三度感嘆する、鯛鮓。一粒で300m走る、グリコ。

※5 芋煮会寺の大鍋借りて来ぬ
季語「芋煮会」〈秋・人事〉

※6 松山鮓
瀬戸内の新鮮な魚を用いて作られる甘めのばら寿司。「もぶり飯」とも。松山を初めて訪れた夏目漱石が、正岡子規の家でもてなされて、正座して一粒もこぼさないよう礼儀正しく食べたというエピソードが有名。

※7 坂雲
『坂の上の雲』。司馬遼太郎の歴史小説。伊予国(現在の愛媛県)松山に実在した3人(秋山真之、秋山好古、正岡子規)の人生と友情を通じ、明治日本の姿を描く。2009~2011年、NHKでスペシャルドラマとして映像化され、さらに知られることとなった。

※8 一唱三嘆
一人が発声すると三人がこれに和して歌うこと。また詩文を一度読んで何度も感嘆すること。優れた詩文を褒め称える言

ロ あ、それ。本当にキャラメル一粒で300m走るエネルギーが出る葉。

そうですよ。

蕪村[※9]さんといえばこんな句も。

「鮓[※10]おしてしばし淋しきこゝろかな　与謝蕪村」。

鮓も手で押して作るでしょ？　私もパンを捏ねて、発酵させて、オーブンに入れてしまうとちょっと淋しくなる。我が手を離れたパン種がうまく膨らんでくれるだろうか。子どもが手を離れた期待と淋しさにも似て。

夏 蕪村さんは詩を詠み、絵を描き、自ら押し鮓を作ってもてなす文人、風流人[※11]。鮓だからこその喜怒哀楽、という気がする。パンはちょっと……。

ロ パンも喜怒哀楽だよ！
大勢で飲み食いといえば、いつき組の花見。「仰ぐでもなし車座の花見酒[※12]　宇都木水晶花」の句を読むと、道後公園で一日中やってたお花見風景が浮かんでくる。

夏 あの頃は若かったなと思う。

あの頃はとにかく12時間、組員と一緒に過ごすことだけが目標やった。

兼光さんとアタシが朝行くと、愛知の小木さんと、福岡の理酔が、ぽつんと花の下に座っていたりとか。朝8時から用心深く飲み始め、夜の8時まで、途中で1回は寝たくなる（笑）。

※9 蕪村さん
与謝蕪村。1716～1784年。江戸時代中期の俳人、画家。

※10 鮓おしてしばし淋しきこゝろかな
季語「鮓」〈夏・人事〉

※11 文人、風流人
詩文や書画など文雅の道に携わったり、詩歌を作り、その趣を解する人。趣味の道に遊んで世俗から離れる場合にも言う。

※12 仰ぐでもなし車座の花見酒
季語「花見酒」〈春・人事〉

口夏 12時間耐久花見。アタシらがあそこに居れば、色んな組員が入れ替わり立ち替わり来て、みんなに会える。いつき組の中でも、別々の句会の人達が会う機会ってあるようでないから、名前だけしか知らなかった組員同士も会える。人が一番集まるお昼過ぎに全員で句会ライブをやる。

口 しんじゆさん※13が花筵(はなむしろ)の上に正座してコーヒーを売ってた。売り上げを少しでもって、俳句甲子園に寄付してたんだね。桜の下で飲むコーヒーはビールより美味しかった。

私とニックは2011年に日本に移住して、あのお花見がいつき組に初のお目見えやった。

ニックは、「オネーサンのためならどこでも」って、初めて桜の下でバッハを弾いた。

夏 東日本大震災で被災した「女川の桜」を復活させようというチャリティー句会ライブをやった年やね。あれから、もう10年になるんやね。

組員さんで、一番遠くから来る人ってどこから?

口兼 東京や大阪から始発で来て、最終で帰る人も多かった。九州からも、北海道からも、ソウル俳句会の人達も来てくれたなあ。

夏 いつき組の花見は一番面倒くさくないルールにしてあるからやれる。好きな時に来て、自分が好きな物を自分で持って来て飲み食いする、という仕組み。

※13 **しんじゆさん**
いつき組俳人、河野しんじゆ。初めて姉夏井に会った時、30年間真珠を売ってきたことを告げると、「じゃ、俳号はしんじゅ」と、即座に言われたのが俳号の由来。

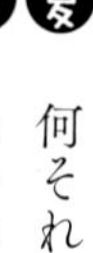

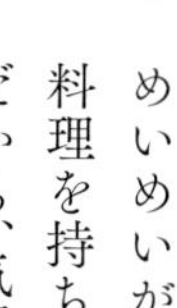
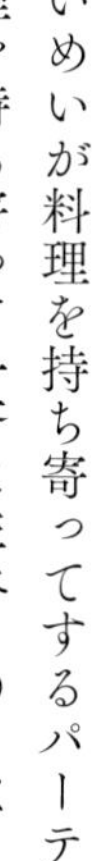

口　いわゆるポットラックパーティーですね。

夏　何それ?

口　めいめいが料理を持ち寄ってするパーティー。料理を持ち寄って一斉に並べるのとはちょっと違う。

夏　だから、気軽に途中のコンビニでビールやおつまみ買って来る人や、家からちゃんと手作りした花見弁当を持って来る人や、蕗を煮てきましたから、よろしければどうぞ、なんてみんなで食べる場面もある。

兼　道後に句会場の伊月庵ができてからは、兼光さんが、ビールの生樽を用意してくれるようになった。坂の下の山澤商店[※14]から配達してもらう。

夏　伊月庵にビールサーバーを据えてもらって、自由に飲んでもらう。今年はコロナでやれなかったけどね。

兼　結局、伊月庵を建てたのも、もちろん誰でも気軽に句会できる場としての役割もあるし、もう一つは、会議室などを借りての句会は、食べ物やお酒を持ち込むのが難しいから。

夏　飲み食いしながら夜の句会をしたいね、ウッドデッキを開放して気分良くやりたいね、ってことで、伊月庵を建てた。コロナのせいで今は集まれないけど、四季それぞれに一日ずつ、伊月庵開放の日を作ろうと決めた。春の「花守祭」、夏の「納涼祭」には久乃が風鈴を吊るして、秋は「観月祭」、まる裏俳句甲子園[※15]の翌日に新年のお喋りをしましょうという「初話会」。

※14 山澤商店
時宗の開祖一遍上人の生誕地宝厳寺へ続く上人坂入り口三叉路にある老舗酒店。山澤商店倉庫は道後アート発信地の一つである「ひみつジャナイギャラリー」ストックギャラリーの展示会場となっている。代表の山澤満さんは、日比野克彦さんのワークショップなどに代表される道後アートの若き推進力となっている。

※15 まる裏俳句甲子園
高校生の「俳句甲子園」に対し、高校生以外のための「まる裏俳句甲子園」として始まった。小学生から大人まで誰でも参加資格がある。参加者は高校生以外を含む3人一組。2020年9月、「あしらの俳句甲子園」と名称を変え再スタート。

夏口夏口

『伊月庵通信』の表紙みたいな看板を作って、その前で記念写真を撮って帰れるようにしようって、ふみさんが工夫していた矢先に、コロナ自粛が始まった。

伊月庵の定員の半数以下となると、たった10人ほどしか集まれない。大人数で飲んだり食ったり句会したり、人が集ってコミュニケーションしたりがそもそもダメ、という文化が始まるとしたら……世の中がひっくり返る。それは絶対に許せん。

コロナに対する怒りで、『悪態句集2』を出そう！

いつき組の大勢の食卓といえば、おいでん家で飲み食いしながらのぶんぶく句会もあった。ある夜、レタスの油煮というメニューが出た。献立メニューを見て一句詠んで、後で料理が来て、「こんな料理だったのか！」と、あっと驚く趣向でしたね？

そうそう。それまで食べたことなかった、ひめじ[※16]とか、あまぎ[※17]とか、メニューにある魚の名前に触発されて、一杯句を作ったね。

[※18]魚の名はひめじ月白旬はしく　夏井いつき

[※19]あまぎとは山の名うをの名十三夜

いざ食べてみると、全然ちゃうやん、というそのギャップで笑った、笑った。

※16 ひめじ
淡い赤色の小魚で、2本の黄色く長いヒゲがある。オキノジョロウ、アカイオ他、様々な地方名が。

※17 あまぎ
イボダイの地方名。エラ蓋の上に褐色の斑点があり、和名の「イボダイ」は、この斑点をお灸のイボの跡に見立てたところから来る。

※18 魚の名はひめじ月白旬はしく
季語「月白」〈秋・天文〉

※19 あまぎとは山の名うをの名十三夜
季語「十三夜」〈秋・天文〉

口　「レタスの油煮」はどんな句に？

夏　極月[※20]のレタスを油煮にして怒　夏井いつき

口　油煮だけに、怒りが煮えたぎる？　食べてみるとどうだった？

夏　意外と拍子抜けする味。

口　知らない魚といえば、私は昔、「俳句ガイドと行こう！　冬の金沢俳句ツアー」って企画にお客さんが来なくて、母と叔母に頼み込んで来てもらって、金沢の近江町市場で、初めてのどぐろ[※21]を食べたら、美味しかった！　のどぐろは高級魚なんだね。

夏　アタシらは新潟で、あれはどこやった？　魚屋が軒を連ねる通りで、のどぐろのお刺身を買って、道路脇の椅子で食べた。あれは美味しかった。

兼　あれは寺泊町かな。
その後、東京でよく泊まるホテルの中の日本料理屋さん、加賀料理大志満[※22]で、メニューにのどぐろがあったから注文したら、ほんの半身ぐらい、ちっちゃな鯵のひらきくらいのが来て笑ったけど、それ以来、この店の常連に（笑）。

口　JR富山の駅の回転寿司廻る富山湾すし玉の、のどぐろも美味しかった。
のどぐろ・白えび・ほたるいかの富山湾盛り！　とか、旬の味覚の7種で「かがやきセブン」とか、超うまくて安い！
トロづくし、ウニ、サザエなど高級ネタも腹一杯食べて、二人で

※20 極月のレタスを油煮にして怒
季語「極月」〈冬・時候〉

※21 のどぐろ
アカムツ。口の奥の喉が黒いところから、のどぐろと呼ばれる。全国的に高級魚として知られるようになった。

※22 加賀料理大志満
加賀料理の店。前身は、加賀・山中温泉に江戸時代から続いた老舗旅館。「お客様の『大いなる志がおのずと満ちていきますように』との願いが込められ」た店名。

口 夏
6千円ちょっと。
回転寿司の、二人で6千円は安いのか？
どう考えても安い。廻る高級魚だよ。
東京じゃ、小っちゃな寿司ランチが一人5千円はするよ。それはともかくとして、今年は伊月庵の桜はいかがですか？　どのくらい大きくなりました？

兼
それがなあ、初代の桜は枯れてしまって、今年の初めに植え直してもらった。
どうもね、この坂の土がよくないみたいで、1回掘り起こして、土を入れ直して、植え直した今の桜は無事に育ってる。本職の植木屋さんが重機を持って来て本格的にやってくれた。伊月庵の設計をお任せしたデザイナーの河野さん[※23]が、そういう手配まで全部してくれたんよ。

口
ソメイヨシノは成長が早く、2年目には咲くと聞きましたが、10年待てば見事な満開になりますね。銀座の盆栽店で3年目の桜盆栽を見て、よほど欲しくなりましたが、スーツケース2個分しか物を持たないと決めてるんで、諦めました。山中湖の借家に富士桜の老木もあるし。

口 夏
スーツケース2個じゃ、本がぜんぜん収まらん。
お姉さん達は地元に根を張るタイプだもん、旅に出ては戻ればいいよ。

※23 河野さん
株式会社デザインアルボーの取締役マネージャー河野克行さん。「天然素材」「シンプルなデザイン」「手作り」へ徹底的にこだわったデザインを心掛けている。

姉の家という名の実家があるからこその私の安心感。ニックと夫婦喧嘩して、そぞろ神にそそのかされ、漂泊の思いに駆り立てられたら、サッサと発てるように物を持たない。今年で結婚10年目、そろそろ……。

10年たてば夫婦も満開。ここからがいい時やけん。何があっても辛抱して、来年の花見は一緒に帰ってきなさいや。

※24 そぞろ神にそそのかされ、漂泊の思いに駆り立てられ
俳人松尾芭蕉の『奥の細道』は、「漂泊の思ひやまず」「そゞろ神の物につきて心くるはせ」と、旅に駆り立てられる冒頭文でよく知られる。

第4章
祝いの食卓

麗らかな朝の焼麺麭（トースト）はづかしく

日野草城（ひのそうじょう）

季語 **麗か／春・時候**

春の光を浴び、森羅万象が朗らかに見える様。「うらら」などの言い回しは、万葉集の時代から使われる。気持ちを言葉で共有する試みは、自然の中で生きる人間の営みであろう。

結婚の初夜が明けると麗らかな朝。目を合わせるのも、コーヒーを注ぐのも、パンを囓るのも、返事をするのも、何もかもが恥ずかしそうな妻の初々しさに感極まる夫。そんな妻の横顔を写生しながら、有頂天の自画像の句となっている。

いつき・兼光夫婦の結婚式

口　これは結婚初夜の翌朝ですね？「朝の焼麺麭（トースト）はづかしく」というのが昭和を感じさせます。翌朝だからもう何でもかんでも恥ずかしい。パンにバターを塗るのも恥ずかしい、焼けたパンをパリッと齧ってあら恥ずかしい、なんて新妻の姿を愛おしく詠んだ、詠み上げた！　既に私の青春時代には、こんな新妻どこにもいなかった。桃井かおり[※1]さんが、こう、気だるげに髪をかき上げ、ベッドで煙草を吸うシーンに憧れて恋愛していた1980年代、ロンバケ[※2]の山口智子さんのようないわゆる親父ギャルに憧れて、咥（くわ）え煙草で朝刊読んで、シャネルバッグにつっかけ履きでパチンコ行ってた1990年代ですから。

ミヤコホテルの連作の一句ですが、中でも特に有名なのが、「をみなとはかかるものかも春の闇[※3]」。

夏　「かかるものかも」の「かも」は、感動・詠嘆の終助詞？

口　「ああ、女性とはこんなものなのだなあ！」っていう感動、詠嘆だと思います。ミヤコホテル連作は、詩人の室生犀星が「表現の美事さ」「今後の俳句の切り開いて行くところ」を絶賛した一方で、中村草田男が批判したり、日野草城自身がまた反論したりしたミヤコホテル論争として有名。しかも、虚子にホトトギスから除名されるわ、さんざん叩かれた、こんな慎ましい句が⁉

夏　俳句史上に起こった、例えば鶏頭論争[※4]とか、霜の墓論争[※5]とか、他の論争とミヤコホテル論争とは種類が違う。そこが問題ですか？　み

※1 桃井かおり
女優。ハリウッドデビュー以降は海外作品にも出演。監督、歌手、エッセイストなど多くの顔を持つ。

※2 ロンバケ
『ロングバケーション』（1996年、フジテレビ系）。山口智子・木村拓哉主演のドラマで、高い視聴率をキープした。

※3 をみなとはかかるものかも春の闇
季語「春の闇」〈春・天文〉

※4 鶏頭論争
「鶏頭の十四五本もありぬべし　正岡子規」（季語「鶏頭」〈秋・植物〉）の俳句の評価について、肯定派と否定派に分かれて大きな論争となった。

※5 霜の墓論争
「霜の墓抱き起されしとき見たり　石田波郷」（季語「霜」〈冬・天文〉）の俳句について、「霜の墓」が抱き起こされたと読むのか、作者が抱き起こされたと読むのか、という論争が起きた。

たいな（笑）。結婚した翌朝のトーストっていう素材も、当時としてはとっても新しい句材だったのだろうし。草城の連作のおかげで当時の若い人達が、「俳句ってちょっと新しいかも」と思い出したとしたら、古池に蛙が飛び込んだとか、法隆寺で柿食ったとか、そうじゃない俳句もあるんだ、ということを言っただけでも、価値はあったんじゃないかと思う。

口 立派な俳句の種まきだよ！　今やね、大阪府池田市のホームページに堂々と載ってますよ、ミヤコホテル十句。教育委員会教育部歴史民俗資料館の監修でね。こんな純情は、もう韓流ドラマの中にしかない（笑）。ということで、今回は兼光さんといつきさんの結婚式と、その翌朝のエピソードがあればお聞かせください。

夏 あたしらの婚姻届を出したのが4月29日、元の天皇誕生日。

兼 「みどりの日」になって、今は「昭和の日」[※6]になった。

夏 ふみと3人で婚姻届を出しに行ったら、市役所の正面が閉まっとったんよ。

兼 祝日やから（爆笑）。

口 誰も気づかんかった？

夏 あれぇ？　って、3人顔を見合わせて（笑）。しょうがないなあ、裏口があるんじゃないのって。地下に行く階段があって、守衛さんがおって、婚姻届出しに来たんですが……って言ったら、「ここでも大丈夫ですよ」って（笑）。出そうとしたんやけど、「前回の婚姻が終了

※6 **昭和の日**
国民の祝日の一つ。1989年の昭和天皇の死去に伴い、4月29日の天皇誕生日がみどりの日に制定された。さらに、国民の祝日に関する法律が改正により、2007年から4月29日は昭和の日に、みどりの日は5月4日に変更された。

した年月日」という項目を書き漏らしていて、守衛室の小さな窓の前で、あれえ？　いつやったっけ？　って、どっちも思い出せない。アタシは3月27日という日付は覚えていたけど何年かがわからない。ふみが、「なんで日付は覚えとるの？」って聞くから、結婚記念日と離婚記念日が同じ日やったからって（笑）。守衛室の前の狭いところで、ああ、もう全然わからん、婚姻届出せん、ってぎゃあぎゃあ言ってたら、守衛さんが、「終了から半年以上経っているかどうかが知りたいだけですから、大体の年でいいやないですか」と助け船を出してくれて、二人とも何とか書き終えた。

口 めでたし〜めでたし〜。

兼 いや。それから1回、差し戻された。

口 えっえーっ!?　婚姻届差し戻し〜っ？

兼 ハンコ問題なんやけどね。婚姻届の立会人になってもらった草心さん夫婦[※7]が、ハンコを1個しか持って来てなくて、同じハンコを押したのよ、そしたら、二人の署名で同じハンコは駄目ですって言われて、違うハンコをまた押してもらって、婚姻届出し直した。

口 厳し〜!!　その点、ハンコの代わりにサインで済むアメリカ人は楽ですわ。いわゆるハンコ問題も、在宅で画面に指かざしてチャラン♪で済むようにしたらいいのにね。

夏 ほんで、その前後のいつ頃やったか、松山の二番町のそれこそ昭和の雰囲気が色濃い老舗のイタリアンのお店で、名前が……（夏井・兼

※7 草心さん夫婦
故草心さん・妻依里さんと組長夫妻との俳縁は、「誰ぢゃあ、この口の悪いおばはんは」という草心さんの一言から始まった。俳句集団いつき組の心の父。「組長、俳句は地球を救いますよ！」草心さんの言葉は、いつき組組員の心に、今も息づいている。

光同時に）シシリア[※8]。

兼 そのシシリアの別棟の2階を借りて、確かお任せメニューやったと思うけど、一番記憶に残ってるのが、前菜の……（兼光・夏井同時に）牛肉のカルパッチョ。

口 夫婦が同時に言うのって可愛い。美味しかった？

夏 ガーリックの香ばしい香りがいい。

兼 フライド・ガーリック。軟らかい牛肉に玉葱スライスと松の実が絡めてある。そこは20人くらいしか入らんかって、身内だけでささやかに。

夏 済ませたつもりでおったら、黒田杏子先生[※9]に「あなた披露宴やらないと駄目よ！」と言われた（と、兼光さんを見る）。

兼 そうそう。杏子先生用にもう1回披露宴やった。同じシシリアで、同じメニュー（笑）。

口 前菜が牛肉のカルパッチョ？

兼 そうそう（笑）。

口 日野草城の結婚の食物が「朝の焼麺麭（トースト）」で、夏井いつきの結婚の食物は「牛肉のカルパッチョ」。いかにもだわ（笑）。

夏 杏子先生に兼光さんを紹介した時も、ふみが一緒におって、「あなた財産はどうなってるの？　いつきさんは貧乏なんだから！」って問い詰められてた（笑）。

口 その披露宴を私は見損ねたけど、ふみちゃんの純和風結婚式に参列

※8 シシリア
松山大街道二番町にある老舗イタリアン。観光客やビジネス客のリピートも多い。オリジナル創作パスタ「シシリー」が人気。

※9 黒田杏子先生
姉妹が共に所属している藍生（あおい）俳句会の主宰。姉夏井は、『藍生』の創刊以前から、勝手に師と仰いでいた。

できてよかった。正人君のチャペル結婚式には、ニックが『アヴェ・マリア』[※10]を弾いた。どっちも思い出深いお式だった。ニックは、ふみちゃんの結婚式で三三九度の盃を初めて見て、「オズムービー（小津映画）の中に入ったみたいだ！」って感激してたの。七楽のお座敷でお式を挙げるのはグッドアイデアだったね？

夏 そうそう。あたしらが偶然七楽を見つけて、杏子先生を連れて行ったら七楽の鰻の大ファンになって、ふみ達が結婚する時は、お座敷でささやかなお式にしたいって、あの子らが言い出して、せめて花嫁衣装を着て、家族で食事をしようやと、七楽に頼んでみたら実現した。

ロ しかも、花婿のザキさんの弟が、七楽で働いていたという偶然。

夏 偶然を通り越して、それは運命だね。韓国語で言うと、うんみょん[※11]！ザキさんで思い出した。七楽は魚から肉からスッポンまである本格割烹やのに、ザキさんはあの時、七楽のお品書きにない特別な物をお願いした。ほら、何て言うんやった？　こっそり仕込んどいてビックリさせるやつ？

ロ サプライズ？　わあ、素敵じゃないの。ケーキの中に指輪を仕込んだ？

夏 違うんよ、それが。「花嫁の為に七楽にこっそりお願いした物があるんです」ってザキさんが言うから、よっぽどすごい物が出てくるのかと思ったら、カラアゲ（爆笑）！

ロ かっ、可愛すぎるぅ、ザキさん！

※10 アヴェ・マリア
J・S・バッハ『平均律クラヴィーア曲集第1巻第1番』に、シャルル・グノーが、「Ave Maria」の旋律をのせた。チェロやヴァイオリンとピアノのデュエットにも編曲され、演奏されている。ニックは、義理の甥である家藤正人の結婚式で初挑戦した。

※11 うんみょん
韓流ドラマ好きの妹ローゼンは、時代がかった口マンチックな台詞は韓流ドラマの中でしか聞かないから、「運命」「感動」などの単語も韓国語で発音しないと雰囲気が出ないと思っている。

夏 七楽のメニューにはカラアゲが無いのに、ふみの好物だからって、こーんなでっかい鉢に山盛り揚げてくれた。

兼 あと、ほら、七楽の大将が特別に玉子寿司も作ってくれて、玉子焼きの中にお寿司が入ってるのを、引き出物代わりに、皆に持って帰ってもらった。

口 ああ、あれは美味しかったぁ！　何もかも本当に美味しくて、あったかい思い出。正人君と久乃ちゃんのお式も感動した。韓国語で言うと、かんどん！

夏 久乃は、ほら、都合のいい時だけお姉ちゃんと呼ぶ。「お姉ちゃん、ウェディングドレスを縫って！」と久乃にせがまれて、ふみがOKしてしまって。久乃は久乃なりに、結婚式まで必死で痩せるからって、言ってしまって（大笑）。
あの時は相当心配した。あんなもん素人が縫えるわけないと思った。型紙がとてつもなく立体的で、どこをどう縫ったらああなるのか、アタシにはさっぱり。ふみが毎晩こつこつと、あの、キラキラしたヤツを1個ずつ縫い付けて、夜なべ仕事をしよるんよ。「ふみ、断るなら早い方がええよ」と、アタシは2回ぐらい言うたけど、「うっ、うっ、いつまでやっても終わらない」と、メソメソしながらも頑張って縫い上げた。その試着の時は、本当に久乃が可愛らしくて、どこもかもぴったりで、「あとは結婚式の日まで1センチも太りませんように！」って、ふみと久乃が祈っている姿が、あたしゃ忘れられん。

口 妹になる人の為にウェディングドレスを縫ってあげるなんてそれこそ小津映画のヒロイン！　私なら一生自慢する。あの日の久乃ちゃん、最高に綺麗だった。清楚という言葉はあのドレスのためにある。ニックが結婚式に『アヴェ・マリア』を弾いたのは、後にも先にもあの1回だけ。感動したわ。かんどん！

夏 あの『アヴェ・マリア』のチェロの動画あったら、頂戴。

口 OK!!

寒紅やそのカクテルを私にも

星野椿（ほしのつばき）

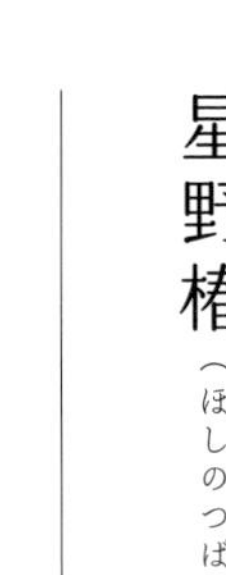

季語 **寒紅／冬・人事**

寒中に紅花から取る紅は色美しく良質で、紅は病や虫が口へ入るのを防ぐともされ、寒の丑の日に売られる「うし紅」は珍重された。俳句では、寒中に女性が紅をさすことも「寒紅」という。

バーのカウンターにて、コートと手袋を脱いだ女性の美しい赤い唇が、「そのカクテルを私にも」という言葉を容作る。カクテルの色もきっと赤。女性の身を包んでいた寒気が凜とした佇まいに現れ、声に張りを醸し出している。

ローゼン夫婦の結婚式

ロ　コロナの外出自粛が始まって以来、家飲み・家グルメが全国的ブームだと思うんですが、我が家にもサワードウブレッド※1とカクテル※2のブームが来ています。
ホームバーで作れるカクテルは今や、ドライマティーニ、マンハッタン、オールドファッション、ジントニック、ジンライム、スクリュードライバー、マルガリータ、ピナコラーダ、トムコリンズ、ギムレット、ブラッディメアリーの11種類。カクテルは美味しくて美しい。
このカクテルの句はいかがですか？

夏　「そのカクテルを私にも」って台詞は、そういう場ではごく普通に使われるんだと思う。いわばその定番の十二音を「寒紅や」で、びしいっと決めるところが椿さん。

ロ　私の名前がローゼン椿なら、カクテルはマンハッタンしか飲みません！

夏　そのカクテルは赤い？

ロ　ルビーのように赤いんです。
我が家のマンハッタンのレシピは、メーカーズマーク（バーボンウィスキー）とチンザノ（スイートベルモット）をミキシンググラスに注ぎ、アンゴスチュラビターズ・アンゴスチュラオレンジビターズの2種類の苦味酒を数滴ずつ振り、氷を入れてステアし（混ぜ）、ストレーナー（濾し網）を被せてカクテルグラスに注ぎ、マラスキーノチェリー※3を爪楊枝に刺して沈める。

※1 サワードウブレッド 第1章「ローゼン夫婦の食卓②」P37・38参照。

※2 カクテル ベースとなる酒に、他の酒や果汁などを混ぜたアルコール飲料。（ノンアルコール・カクテルも）古代中国では葡萄酒に馬乳を混ぜ、古代ローマ・ギリシャ・エジプト等においても当時の酒に他の飲料を混ぜて味を改善していたと伝えられる。酒と水だけの場合は、水割り。氷だけは、オンザロックと呼ばれる。

※3 マラスキーノチェリー カクテルやアイスクリーム、ケーキ等に添えられる砂糖漬けのチェリー。赤や緑に着色される。

夏 甘そう……アタシは、カクテルは甘いからほとんど飲まない。注文するとしたらソルティードッグくらい。

ロ やっぱ塩なんだ、辛口なんだ(笑)。
数あるカクテルの中でも忘れがたい味といえば、私とニックが披露宴をしたNYのセンチュリークラブ[※4]でしか飲めないシルバースミス[※5]という、ラム酒ベースの秘伝カクテル。センチュリークラブでは黙って頼めばダブル、普通のカクテルの2倍の量が出てくる。シルバースミスも、歴代センチュリアンの名入りの大きな冷え冷えの銀製のカップで出てくる。

夏 最初からダブルでというのはええね。結婚式もそこで?

ロ 結婚式はブロンクスの裁判所で、双方の子ども二人ずつ立会人にして、家族6人だけで行いました。
黒人の大柄な女性判事の前で婚姻届にサインをした後、「ではここで、お互いに愛の誓いを『LOVE』という言葉を使わず述べてください」と判事が言ったので、さあ困った。今でこそニックの言うことはほぼ100パーセント聞き取れるし、言いたいことも8割は伝えられるけど、10年前の結婚当時はほとんど聞けず、言えず。ボキャブラリが足りなかった。
ニックがぺらぺ~ら、ぺらぺ~らと愛の誓いを述べ出した途端、頭が真っ白になった。どうしよう、これが終わったら私の番。
「I LOVE YOU」で済ませたいけど、「LOVE」は使えないしと、

※4センチュリークラブ
第2章「命がけの北京ダック」※5 P84参照。

※5シルバースミス
センチュリー・クラブの秘伝、門外不出のカクテル。シルバースミス(銀細工職人)という名の由来は、歴代センチュリアン(センチュリークラブ会員)の名入りの銀のカップで提供されることによる。ルーズベルト大統領やアイゼンハワー大統領の名入りのカップでも供される。ラム酒ベース以外、何をどの割合で混ぜているかレシピは誰も知らない。

焦るあまりニックのスピーチは全く理解できず、ニックと判事のニコニコ顔を呆然と見つめるのみ。いよいよ判事が私を見て、「では新婦さん、どうぞ！」と言った瞬間、私は全てを諦め、「Me Too（私も）！」と叫んだ。女判事は全く動じず、ニコニコ顔のままで、「素晴らしい！」と言った。

「素晴らしい！」と即座に言えるのが、判事さんの経験値やね。ロビーで、ニックの娘ステラが、「あなたのスピーチ好きだよ」と慰めてくれた。

私の娘達は口々に、「お母さん、日本語で言っても良かったのに」「そうだよ、通訳してあげたのに」と言ってくれた。ああ、その手があったかと悔やんだが遅い。

今でも夜中に思い出して布団から起き上がって、「わあっ」と叫び出すくらい恥ずかしい。当時、Me Tooムーブメント[※6]がまだ起きてなかったことだけが救いです。

「あの時なんて誓ったの？」って聞いたら、「我々二人の間には音楽という共通の話題とチェロに結ばれた縁がある。チヅと1年間ルームシェアをして、彼女が人を批判せず、前向きに明るいことに感心した。チヅとなら日本移住という大冒険を共に楽しめるだろう。彼女の美しい笑顔を絶やさず、幸福にすると誓います」と、あの時と同じくらいスラスラとニックは語ったよ。

それから裁判所の正面玄関の柱の陰で、白い布巾に包んだワイング

※6 Me Tooムーブメント
「Me Too」に、ハッシュタグ（#）を付けて、「#Me Too」。SNSでセクシャル・ハラスメントや性的暴行の被害体験を告白、共有する際に使用される。

ラスを靴で踏んで壊した。これはユダヤの結婚の儀式。正式のユダヤ結婚式はお金が掛かりすぎるが、せめてこれだけは、というニックのこだわり。

どんな意味があるん？

ローマ帝国にエルサレム神殿を破壊されて世界中を放浪することになったユダヤ人の苦悩の歴史とアイデンティティを忘れないための戒めなんだって。後世になって、新郎新婦の互いの古い風習を壊し、新たな世界を築くという意味も付加されたらしい。若い人には戒めより希望が必要だもんね。

その後は、ニックのNYマネージャーのジョン・G（ギングリッジ）と、ニックの義母の孫娘カレンが合流して8人の披露宴。

婚礼の晩餐のメニューは、「冷製ガスパッチョ、エスカルゴ、蟹のリゾット、豆とレモンのラヴィオリ、焼きブリーチーズ、菜の花ソテー、蟹サラダ、ベジタリアンのパエリア、炙り鶏胸肉、キングサーモン、海老とザリ蟹のパスタ、焼きホタテ貝、センチュリークラブ・ロックフォードサラダ、シーザーサラダ、揚げ茄子のカプレーゼ、ウェッジサラダ、牛肉のカルパッチョ」の中から前菜、サラダ、スープ、魚介などを2、3品選ぶ。

お肉は更に、アンガスストリップ、リブアイ、フィレ、ニュージーランドのラム肉から選び、ガーリックバター、ブルーチーズ、スモークブルーチーズ、レッドワインデミグラス、ホースラディッシュク

※7 **ウェッジサラダ**
レタスを半分か4分の1のウェッジ（くさび）形にざ

ロ夏

リーム、フォアグラデミグラス、黒胡椒の中からソースを選ぶ。

私のチョイスは、スターター（前菜その1）にウェッジサラダ[※7]、アントレ（前菜その2）にエスカルゴ、メインがキングサーモン。次女は好物のラム肉がメイン。長女は、お姉さん達の披露宴メニューにもあった牛肉のカルパッチョが前菜、そしてフィレステーキ。長女は牛肉タルタルとか、生肉系が好きなの。

家族全員食に興味があるから、メニューを選ぶ時が一番盛り上がった（笑）。

楽しめる人はエエよね。アタシャ、聞いてるだけでゲップ出そう（笑）。

ニックが紅白のワインを1本ずつ選んで、まずはシャンパンで乾杯。

隣に座ったジョンGから面白い話が聞けました。

伝説のクラリネット奏者ベニー・グッドマンがクラシックコンサートをする時にジョンGがマネージメントをした縁で、ニックもベニーと知り合った。

『クラリネット五重奏』[※8]を共演して以来、ニックはベニーに気に入られ、野球の試合を一緒に見に行ったりしてた。

ある日ベニーから呼び出しがあり、ニックが喜び勇んでボクシングの世界タイトルマッチ観戦にマディソン・スクエア・ガーデン[※9]のVIPルームに駆けつけると、そこにはブッフェがありバーがあり、無料で食べ放題の飲み放題。

「ここの蟹サラダが旨いよ」と教えてくれた先客の顔を見て、ニック

く切り、カリカリベーコン、玉ねぎみじん切り、トマト、ナッツなどをトッピングし、ブルーチーズのドレッシングをかけたステーキハウスの定番サラダ。ナイフとフォークでカットして食べる。

※8 クラリネット五重奏
『クラリネット五重奏曲イ長調 K.581』。モーツァルトが1789年に作曲した、クラリネットと弦楽四重奏のための室内楽曲。友人のクラリネット奏者アントン・シュタードラーの為に作曲され、『シュタードラー五重奏曲』の愛称を持つ。

※9 マディソン・スクエア・ガーデン
略称MSG。ニューヨーク市マンハッタン区、マディソン・スクエア公園の北側に建つ2万人収容のスポーツアリーナと5千人収容のシアターなどで構成されるイベント会場。世界中のロックミュージシャンなどがここでコンサートをすることを夢見る。

は皿を取り落としそうになった。メジャーリーグで活躍した野球選手のジョー・ディマジオ[※10]だったから。そうこうするうちジャズのコンサートやダンスパーティーにも招待されるようになり、「ニッキー、君もセンチュリアンになれよ」とベニーが推薦人になって、セレブしか入れない由緒あるクラブに入れたというわけ。

夏　ベニー・グッドマン、クラリネットの?

兼　『シング・シング・シング』とか、『メモリーズ・オブ・ユー』、スイングジャズやね。

口　『メモリーズ・オブ・ユー』は大好きな曲。毎日ニックのチェロばかり聞いてると、たまにベニーのクラリネットが恋しくなる。

夏　我が家ではジャズを聴けば、ウィスキーが恋しくなる（笑）。

兼　今ちょうど、山澤酒店から配達して貰ったウィスキー（と、見せる）。

口　あ、富士山麓、美味しいですか?

兼　ハイボールにしたら美味しい。

口　もう1本は何?

兼　デュワーズ。

口　わあ、ハイボールが飲みたくなる。

夏　兼光さんと結婚してウィスキーの趣味が増えた。最初は磯臭いと思ったアイラウィスキーを飲み慣れてきたら、あの匂いが癖になって、ロックで飲むのも美味しいなと。

※10 ジョー・ディマジオ
1914〜1999年。メジャーリーグの元プロ野球選手。1951年に現役引退して以来、ディマジオの背番号5は、ヤンキースの永久欠番。56試合連続安打のMLB記録保持者。人気女優マリリン・モンローの夫でもあった。

それで思い出した。一筆啓上賞[※11]の審査会で知り合った、詩人の佐々木幹郎[※12]さんて、日本では詩一本で食べている希有な存在。ほんとにエエおっちゃんなんよ。その幹郎さんがウィスキー通で、わざわざアイルランドに行って、ウィスキーの本も出している。

口 へぇ！　村上春樹さんの詩人版。春樹さんもアイラ島やアイルランドへ行ってウィスキー[※13]の本を書いてる。

夏 アイルランドには行ってもいいかな。兼光さんが行きたがるから。

口 一緒に行こうよ！　夫婦二組4人でスコットランドのアイラ島とアイルランドウィスキー飲み歩き吟行！　島に着いたら別行動でいいから(笑)。どうせニックはマイペースで、兼光さんの行きたい所ばっかは行かないから。

夏 スケジュールが合うことを祈る。

口 あ、ちょっと待って。ウィスキーといえば見せたい物がある(と、取ってくる)。これ、ショットグラス。

夏 ああ、信太郎さんが愛用しとった。

口 私の手元にあるお父さんの形見はもうこれ1個。今はニックがウィスキー飲んでる。

夏 信太郎さんのスーツの上下で捨てたくないのを、クロゼットに1着か2着置いてあって、信太郎さんて、結構背の高い人という印象でおったんやけど、亀代さんが、正人に着せてみたら、ほぼぴったり。

※11 一筆啓上賞　福井県坂井市で開催されている日本一短い手紙一筆啓上賞。確かなメッセージを伝える1〜40文字までの手紙を募集する。姉夏井は審査員を務めている。

※12 佐々木 幹郎　詩人。高見順賞、萩原朔太郎賞、サントリー学芸賞、読売文学賞・随筆紀行賞、大岡信賞など受賞多数。

※13 ウィスキーの本　『もし僕らのことばがウィスキーであったなら』。ウィスキーを旅のテーマとして、スコットランドのアイラ島とアイルランド各地を巡った、シングルモルトのウィスキーを巡る物語。

ちょうど正人くらいの人やったんやな。

口　お父さんの紋付きがうちにあるのよ。礼子（叔母）さんが、ニックに着せたらどう、と送ってくれた。まるにはなもっこ？　家藤の紋が付いてる。父母の結婚式にあれを着たんだと思う。母さんは黒い色留め袖。黒い花嫁衣装って素敵だなと思って、私も黒のミニドレスを着ました。

夏　ところで、アンタらの結婚の朝の食べ物は？

口　エッグベネディクトの発祥地ウォルドーフ・アストリア・ニューヨーク[※14]へ行き、エッグベネディクトを食べました。ご存知、ハムとポーチドエッグを載せて卵色のオランデーズソースをかけたイングリッシュマフィン。

実を言うと、私が前の晩のワインが美味しくて飲み過ぎたので、二日酔いの翌朝の定番といわれるエッグベネディクトを頂きながら、その名の由来[※15]などをニックから聞きました。

夏　アタシの二日酔いの朝の定番はインスタントの味噌汁、お茶漬け、チキンラーメン。兼光さんはそんなアタシを見て、ああ、二日酔いなんやな、とわかる（笑）。

口　ニックの特効薬はブラッディメアリー。トマトジュースにウォッカという強力な迎え酒。空港ホテルの朝食ブッフェにこのカクテルとビタミン剤が置いてあってニックが感激してた。

※14 ウォルドーフ・アストリア・ニューヨーク
ニューヨーク市マンハッタン区ミッドタウンにあるアメリカを代表する最高級ホテル。国家元首クラスの来賓が数多く宿泊してきた。

※15 名の由来
NYのビジネス街ウォールストリートで株式仲買人をしていたレミュエル・ベネディクトが二日酔いを直そうと、「バタートースト、ポーチドエッグ、カリカリベーコンとオランデーズソースを一口分」と注文したところ、メートル・ドテルのオスカー・チルキーの目にとまり、イングリッシュマフィンとハムに替えて現在のエッグベネディクトを完成させた。

冒頭の寒紅の句に戻りますが、このカクテルが真っ赤なブラッディメアリーだったら、「(二日酔いだから)そのカクテルを私にも」って話は全く変わってくる。

俳句から生まれるドラマって、ほんとに多彩、小説のネタになりそう。

酢豚の話

酢豚のような料理は、店で食べるものだと思い込んでいた。大学の親友ショーコ宅に、栄養補給が目的でよく泊まりに行った。ショーコんちは裕福なくせにエンゲル係数の高い家で、美味いものがいっぱい出てくる。その中でも酢豚は美味かった。「酢豚作れるってすげー」と素直な感動を伝えたら、「酢豚ぐらい、自分で作りや」と言われた。なるほど、自分で作る、か。

初めてレシピ本を買い、四畳半の我が下宿で、書いてある通りにやってみた。理科の実験の如く調味料を量り、豚肉に味を絡ませ、揚げる。この時点ですでに美味しそうなので食べてしまいたくなったが、初志貫徹。野菜を切り炒め、片栗粉も使い、レシピ通りに

したら、ちゃんと酢豚になったのに驚いた。
が、揚げた後にまた炒める行為が面倒くさくて、もう自分で作るのは止めようと思った。

酢豚といえば、羽田空港第2ターミナルにあった『赤坂璃宮』の黒酢酢豚が忘れられない。豚肉、山芋の柵切り、蓮根の乱切りだけなのに、うっとりするほど美味かった。あのレシピが手に入るのであれば、挑戦してみたい。

私をそんな気にさせるのは、この酢豚ぐらいだろうな。

くず切や心通へばなほ無口

及川貞（おいかわてい）

季語　葛切／夏・人事

葛粉を水で溶き、加熱して固めてから麺状に切ったもの。冷やして糖蜜をかけて食べる。葛粉は血行をよくする効用があるとされ、葛根湯などの治療薬として古くから利用されてきた。

卓上に、糖蜜色に輝く葛切がある。おそらく長年連れ添い心の通い合った夫婦が、黙って静かに啜っている。ほのかに甘くて冷たい葛切を食べるささやかな夏の楽しみを分かち合い、二人きりで食べる淋しさも分かち合う。

14年目の結婚記念日

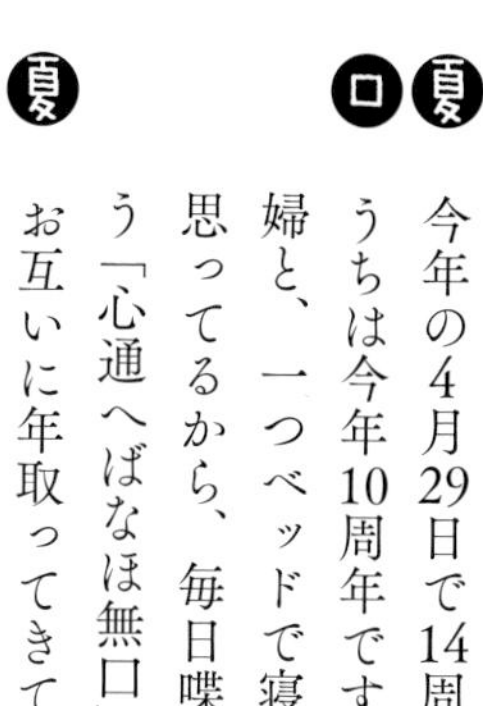

ロ 今、結婚何年目ですか？

兼 平成18年に結婚したから、今年（2020年）は平成で言うと32年？やから結婚15年目？

夏 今年の4月29日で14周年、今15年目に入った。

ロ うちは今年10周年ですが、この句の境地には程遠い。会話の無い夫婦と、一つベッドで寝ない夫婦は終わってる、とアメリカ人の夫は思ってるから、毎日喋る喋る。お姉さん達は以心伝心というか、もう「心通へばなほ無口」という関係に？

夏 お互いに年取ってきて、逆に、お互いイラッとする時に隠さなくなる。あ、今、兼光さん、イラッとしたなあ、と、それを発するようになった（大笑）。

兼 いつきさんの察知能力、受信能力が上がったというのもある（笑）。

ロ もし私がイラッと来たのを隠さなかったら、どうしたんだ、そんなふくれ面して、何が問題なんだ、さあ、とことん話し合おうって2倍面倒くさい、隠した方がまし。

夏 アメリカ人は何でも言葉にしたい？

ロ そう。「心通へばなほ無口」は、多分一生あり得ん。メシ、フロ、ネルという暗号のような会話は成立しない。毎朝必ず飲むモーニングコーヒーでも黙って注ぐことはない。いちいち、「Would you like to have a cup of coffee?（コーヒーを一杯いかがですか？）」って毎朝聞かれる。こちらも、「How lovely! May I?（なんて素敵！　頂けますか？）」と

夏 毎朝、眠い目で微笑みながら答える。それに比べたら、アタシらは「心通へばなほ無口」派ですが、喋らないでいても気まずくならない、お酒飲んだら話が弾む、というのが、一緒に暮らすようになってありがたいなあと思う。この句は、くず切りが季語ですから若夫婦ではない、間違いなく老夫婦。

ロ 浅草にあるような閑寂（かんじゃく）な甘味処で、松山で言えば大街道みよしの[※1]、五色お萩が美味しい店で老夫婦が差し向かい、葛切を啜り、無言で心が通い合う。私は葛切より葛饅頭が好きで、「葛ざくら濡れ葉に氷残りけり　渡辺水巴」[※2]は、本当に美味しそうな完璧な写生だなと思って読んでたら、これは戦後の食糧難に水巴さんが「菓子欲しけれどなし、句に作る」という前書きで作った水羊羹や葛饅頭の数句の内の一句だと草間時彦さんが書いておられました。我が家では水羊羹などは、夫婦グラスに入れて出すの。

夏 夫婦グラスとは？

ロ 綺麗な青や赤の冷酒のグラスの大きいのと小さいのに大きく切った水羊羹と半分くらいの水羊羹を入れる。可愛いでしょ？　ニックは松山の二番町のかつれつ亭[※3]で夫婦茶碗を出され、「アメリカじゃあり得ない女性の可愛らしさだ！」と感激し、家でも夫婦茶碗を使い、カクテルグラスもワイングラスも大小の夫婦グラスで、ニックはぐいぐいと、私はちびちびと可愛く飲む。

夏 アタシャそんな可愛さはいらん。小さいグラスで何回もお代わり面

※1 みよしの
1949年創業より松山市民に愛され続ける甘味処。こしあん、つぶあん、ごま、青のり、きなこの「五色おはぎ」が人気。閉店前に売り切れてしまうことも多々ある。

※2 葛ざくら濡れ葉に氷残りけり
季語「葛桜」〈夏・人事〉

※3 かつれつ亭
松山にあるとんかつチェーン店。霧島黒豚や、地元愛媛産のふれ愛・媛ポーク、山間で育った仙高豚を熟成させ、食べ頃のタイミングで調理。荒目のパン粉と、栄養価の高いごま油の配合油でサクッと揚げる。

倒くさい（笑）。

口 なんたってこの「心通へばなほ無口」という食卓が私の夢なわけよ。うちら夫婦の食卓は会話中心、しかも英会話だから疲れます。

夏 いいやん、テレビ観て、ぶすっと押し黙って食べるよりは。

口 漫才[※4]見ながら、プフーッと噴き出して、ご飯粒飛ばして食べたい。

夏 うちはずぅっとテレビが無かったから、テレビ見ながらのご飯は無かった。今はリビングにテレビが付いているけど、見るのはニュース、朝ドラ、『プレバト!!』の録画を確認するぐらい。生活の中にテレビの比重は少ない。

口 お姉さんが寝ころんでテレビ見る姿って昔から一度も見たこと無い。ニックが道後の家の木のベンチで、こちこちになって昼寝する姿を見かけるでしょ？ いつきとケンコーは何故リビングにソファを置かないのかなって、いつも言ってる。

夏 さっちゃんも、あの木のベンチに横たわって休憩する（笑）。

口 なんでふかふかソファを置かないの？ なんで木のベンチ？

兼 柔らかいところに寝る方が腰が悪くなるから。

夏 そうそう。それにあれは河野[※5]さんの作品だから。もう河野さんの思う通りに、好きなように家造ってくださいとお願いして、一応図面は見たけど、出来上がって初めて見るように見て、気に入った。

口 とっても素敵なデザインだと思いますが、我が家に比べるとストイック[※6]な生活に見える。だらだら寝ころがる場所がリビングに無

※4 漫才
妹ローゼンは漫才ファン。キッチンで料理している時、イヤホンで聞いているのは、ダウンタウン、中川家、和牛、かまいたちなど。

※5 河野さん
第3章「子規の鯛鮓・いつき組花見」※23 P136参照。

※6 ストイック
自分自身を厳しく律すること。日本人の元々の暮らし（畳に正座し、着物を着て、薄い布団と硬い枕で寝て、家中を拭き清めるなど）は、外国人には素敵にストイックに見えるらしい。

いってのがね。日本なら炬燵(こたつ)でだらだらする茶の間的な物が普通はあるでしょ？

夏　ストイックというわけじゃないけど、やっぱり炬燵はだらだらしてしまうから置かないことに決めた。アタシは寝室のベッドでは寝ころんで本を読む。読書はベッドで寝る前にする。続きが読みたいから早く仕事を仕上げて読もうと。読み始めたら歯止めが効かんから。

ロ　『食卓で読む一句、二句。』だから言うわけじゃないけど、食卓で読書して、お風呂で読書してた一人暮らしの昔が懐かしい。

夏　昔あって今は無い物で懐かしいといえば、火鉢。福音寺（いつき兼光夫妻が住んでいたマンション）が会社になる前は、冬は長火鉢を出して、エアコンつけなくても暖かくて、小鍋を置いたり、干物を焼いたり、火鉢ライフを楽しんでいた。孫達がもう少し大きくなって、危なくなくなったらまた稼働させたい。

ロ　今年の結婚記念日は何かしましたか？　食事？　プレゼント？

夏　今年の4月29日は……何も無かった。ああ、結婚記念日やなあ。美味しい物でも食べに行きますか？　と言いつつ、そのことを忘れて終わる。プレゼントもなし。

ロ　記念日に指輪とかネックレス買ってもらわないの？

夏　結婚指輪もいらないと言ったアタシが、記念日に指輪買うわけがない。誕生日は、おめでとうって言うくらい。アタシは、欲しいと思う物がほんとに無い。

※7ラピスラズリ
青から藍色の宝石。黄鉄鉱の粒を含んで星空のような輝きを持つ。パワーストーン界では、「最強の聖石」と呼ばれている。妹ローゼン千津の誕生石はトルコ石とラ

口 ええーっ!! 宝石が欲しくない?! 私は結婚記念日に1個ずつ、どんなに小さい石でも指輪やイヤリングやネックレスを貰いたい。10年過ぎて大体一通り揃ったので満足です。特にニックのお義母さんに貰ったラピスラズリ[※7]は、ここぞという時、身に付けるお守り。宝石は身を護り、運気を呼び込みます!

兼 いつきさんは本。『日本国語大辞典』全巻欲しいとか、あの本がシリーズで欲しいとか、

夏 兼光さんが本の大人買いをしてくれるのが、最高のプレゼント。アタシは買い物そのものが嫌い。ユニクロに年に2回ほど下着と靴下を買いに行くだけでも面倒くさい。あとはモンベル[※8]に行くくらい。衣装は花園町のアジアンテイストのブティックで買って、滞在時間が試着含め20分くらい(笑)。

口 たった20分!? 私達夫婦は御殿場[※9]のプレミアムアウトレットへ行ったら、1店でファッションショーしてまた次の店へ行って半日は楽しむけどね。遊園地くらい広くて高級ブティックが軒並み続いて、それが全部60%オフとかなのよ! 買えば買うほど倹約になるって、ニックが(笑)。

夏 できるだけ店内に長居したくない。服選びの基準は、マイクを付ける時に前ボタンがあると付けやすい、丸首はつけにくい、ベストは着回しできるから、一度に数週分の収録に便利、それだけ。何の為に何が必要か決まってるから早い、ベストは試着しないでもいい。

ピスラズリ(12月)。義母ベティが、自分の指にはめていたラピスラズリを千津に譲ってくれた。「トルコ石に無駄遣いするのを止めただけ」とベティは言うが、千津は感激して、お守りとして大事な時に身に付けている。

※8 モンベル
テント、バックパック、寝袋、登山靴、レインウェア等各種アウトドア商品を扱う。いつき兼光夫妻は、公魚釣り(第5章「澤田さん」と氷上の食卓」P185参照)に北海道へ行く際に、防寒服や防寒靴を買い揃えて以来、モンベルの製品に親しむようになった。

※9 御殿場プレミアムアウトレット
世界文化遺産の富士山が見える広大な敷地に、国内外の著名ブランドや飲食店が揃う日本国内最大規模のショッピングリゾート。箱根・伊豆、富士山、富士五湖観光などの立ち寄り客やアジア諸国からの買物客で賑わう。

もしアタシがその御殿場へ行ったら、アウトレット吟行[※10]だと思って、俳句作って時間をやり過ごす。

口 服だけじゃないの。

夏 鞄は、久乃（長男嫁）にお願いする。靴の店、コスメの店、鞄の店もずらずらーっと！ 壊れた」って言うと、久乃が「見つくろっときまーす」と買って来てくれて、「どうですか？」「ありがとう」で片付く。

「久乃、鞄が壊れた、リュックが

口 久乃ちゃんは楽しんでると思うよ。人の鞄でも買いに行くと嬉しいもん。

年に1回私達夫婦で、手帖のレフィルを買いに銀座エルメスへ行くのが楽しみ。エルメスの鞄は買えないけど、真新しい皮の匂いを心ゆくまで嗅いで、新製品の鞄や靴を見て回って、エルメスの美しい店員とお喋りして、レフィルを注文する。レフィルだけで1冊1万数千円、二人で3万いくらするけど、エレガントな雰囲気が満喫できます。

祝いの食卓といえば、ちょうど昨日東京のパークハイアット[※11]で、結婚10周年のアニバーサリー・ランチをしてきました。コロナ自粛中につき、車で家からホテルの駐車場へ直行、エレベーターで41階へ直行、階段を下りて40階の日本料理の梢で天丼を食べ、その後、府中の榊原記念病院でニックの心臓の定期検診をして、山中湖の家へ直帰しました。できるだけ1回の外出で用を全部済ませようと。

夏 天丼に思い出がある？

※10 アウトレット吟行
姉夏井はどんなに煩わしい生活シーンや退屈な待ち時間でも、それを「○○吟行」と名付けて楽しむ才能がある。例えば、「町内清掃吟行」「キャンセル待ち空港吟行」「歯医者吟行」などなど。

※11 パーク ハイアット東京
丹下健三設計「新宿パークタワー」の39階から52階に入居する「Hyatt Hotels and Resorts」が展開する小規模最高級ホテル。フロントレセプションが41階、47階にプールとフィットネスクラブ、45階にスパがあり、大都会の喧噪を離れた大人の隠れ家というコンセプト。40階レストランから東京を一望し、富士山まで見える眺望が人気。ソフィア・コッポラ監督の映画、『ロスト・イン・トランスレーション』（2003年）の舞台となった。

ロ たまたまニックが、ホテルのウェブサイトで高級天丼のランチセットを見つけただけ。コロナ不況で、ホテル業界も色々と工夫してて、普段こんな値段で食べられない高級天丼と、食後に抹茶ソースがけアイスモナカに、ハッピーアニバーサリーってチョコプレートとキャンドルも付いて、普通のランチぐらいの値段。去年までは、4つ星ホテルに1泊し、ヨガクラスを受け、3つ星レストランでディナーして、買い物もする、という結婚記念日を10年間続けてきましたが、今年はコロナに負けました。

夏 アタシらも、移動日の中の1泊をハネムーンと名付け、今日は美味しい物を食べましょう、っていうのはずっとやりよったよ。旅が長く続いて、家に帰って、お疲れ様でした、ちょっと美味しいワインでも飲みますか、という時間もありがたい。

ロ あ、そういえば、『徹子の部屋』出演おめでとうございます!! あれに、夫婦の俳句が出てましたね。

夏 紳士[※12]たる夫よ熱き焼栗剥いてくれ　夏井いつき

ロ 徹子さんが、「気軽にいいよと、栗を剥いてくれるような旦那様像が見えてきますね」と、鑑賞をしておられました。
徹子さんの句、「[※13]のらくろは　兵隊やめて　大陸へ行く　黒柳徹子」もよかった。二人とものらくろ[※14]が猫だと思ってた、というオチに大爆笑。
それから番組の中で紹介された夫婦の写真は、壁ドン[※15]ですよね？

※12 紳士たる夫よ熱き焼栗剥いてくれ
季語「焼栗」〈秋・植物〉

※13 のらくろは　兵隊やめて　大陸へ行く
無季

※14 のらくろ
昭和初期の代表的な漫画家、田河水泡による漫画の主人公である犬の名。大日本雄辯會講談社（現・講談社）『少年俱楽部』に連載された。圧倒的な人気を誇り、文房具・玩具なども発売され、キャラクター商品のはしりとなった。

※15 壁ドン
男性が女性を壁際に追い詰め、壁にドンと手を突いて耳元でささやいたりして迫るという恋愛ドラマやマンガでよくあるシーンのこと。2014年ユーキャン新語・流行語大賞のトップテンに選出された。

いつきさんに壁ドンしてる兼光さん、カッコよかったぁ。お姉さんの表情も可愛かったぁ。

夏 壁ドンだか何だか知らないけど、そんなものではない。あれは大阪の地下鉄の動物園前駅でふみが撮影した写真。電車の音が響くから耳元で、次で乗り換えます、とか何とか伝達事項を叫んでた、と思う。

ロ 事実はどうあれ、壁ドンの方がロマンチックでいいじゃん！　私なら あの写真引き延ばして壁一面に飾ります。

ある程度夫唱婦随や屠蘇をくむ

高田風人子（たかだふうじんし）

季語　屠蘇（とそ）／新年・人事

年の祝いに飲む薬酒。元旦に飲めば一年の邪気を払い、長寿が叶うといわれる。山椒（さんしょう）、防風（ぼうふう）、白朮（びゃくじゅつ）、桔梗（ききょう）、蜜柑（みかん）の果皮（かひ）、肉桂（にっけい）などを調合し袋に入れ、清酒と味醂（みりん）に浸しておくと、仙酒となる。

屠蘇の支度を整えた妻が、夫が盃に屠蘇を注ぐのをある程度はしおらしく見守っている。夫が言い出し、妻が従う「夫唱婦随（ふしょうふずい）」が美徳として日本でも尊ばれてきたが、昨今は仕事も育児も夫婦平等という風潮。

結婚して知った味噌雑煮の味

夏 うちもある程度は夫唱婦随(笑)。

口 うちは完全に夫唱婦随です、仕方なく(笑)。お屠蘇は夫婦で祝う?

兼 一日には、何となくみんな集まるね。

夏 兼光さんの長女のイクちゃんが、息子のリクを連れてお正月松山に来てくれるんで、最初のお屠蘇はイクちゃんとことアタシらで祝って、その後順々にふみのとこが来たり、さっちゃんがなっちゃん[※1]一家と一緒に来たり、最後に久乃一家が来てまたお屠蘇……孫達にお屠蘇という習慣を見せといてやりたい。

口 それは大事だね。うちらの実家ではお祖父さんがやってたね? お屠蘇を注いだり、鏡餅の載ったお三宝を頭の上に被せたり?

夏 そうそう、祖父さんがやりよった。結婚する時、亀代さんが、まるにはなもっこう[※2]の家紋の入ったお重とかお屠蘇セットを持たしてくれた。当時は、年の小さい子から順に注いでもらって、最後に祖父さんが偉そうに飲みよった。あの頃あんたは喜んで飲みよった。アタシャ、なんでこんなもん飲まないけんのやと、お屠蘇は好きじゃなかった。

口 辛口やったんやね、最初から(笑)。「喰積[※3]のほかにいさゝか鍋の物　高浜虚子」という句も、昔ながらの日本の正月風景かと思いますが、おせちの後はやっぱり鍋?

夏 うちは、ブリしゃぶ。

兼 毎年のように、宮部さん(夏井の母方の叔母夫婦)からブリ1匹もらう

※1 なっちゃん
さっちゃんの長女。夏井&カンパニーの経理担当。なっちゃんの子ども達も、姉夏井の孫達と兄弟のように育つ。

※2 まるにはなもっこう
丸に木瓜紋。ウリを輪切りにした形、または鳥の巣が卵を包んでいるように見える図柄。日本の代表的な家紋。子孫繁栄の意が込められている。

※3 喰積のほかにいさゝか鍋の物
季語「喰積」〈新年・人事〉

から、ブリのお刺身、お雑煮、ほんで、ブリしゃぶ。

夏　大晦日はブリさばいて、お雑煮の下準備をする。脇の下の腹身のところ、皮の白いところ、ブリトロ？　あそこをお椀に入るサイズに切って、塩をしておいとく。

ロ　兼光さんもブリさばけるんですか？

兼　いや、僕はさばけけんよ。

夏　さばくのはアタシ。

ロ　やっぱね。私も魚だけは一応さばける。海の子やから。

兼　僕はお雑煮担当。僕が作るんは、一日は関西風の白味噌のお雑煮で、二日目がブリの入ったおすましのお雑煮。

夏　白味噌のお雑煮は美味しいよう。兼光さんと結婚して初めて知った美味しさ。白味噌の甘さと麦味噌の甘さはまた違うから、食のカルチャーショック。

ロ　「馴染むとは好きになること味噌雑煮　西村和子」[※4]やね。うちの実家は鶏肉のおすまし雑煮やったね。

兼　一番オーソドックスなんは、鶏肉の酒蒸しのすましの雑煮。

夏　酒蒸しなんて、シャレたことはしてなかった。アタシャお餅が好きじゃなかったし、正人が餅もお雑煮も好きやったから作りはしたけど、今兼光さんのお雑煮を食べると、昔のあれは、お湯に醤油と餅を入れたようなもんやったなと思う（大笑）。

ロ　私が一番おせちを頑張ったのは、NY時代。異国に住んでいるから

※4 馴染むとは好きになること味噌雑煮
季語「味噌雑煮」〈新年・人事〉

こそ、日本の伝統文化を伝えないかんと、日本食品店で真っ赤なカマボコ、真っ黄色のカズノコ、甘ったるい黒豆、皆日本の3倍くらいの値段で買って、鶏肉の出汁に麺つゆ足して、ほうれん草、花形にんじん、焼き餅を入れてお雑煮。ハマチ照り焼き、海老塩焼き、筑前炊き、ひねりコンニャクと、簡単なおせちだけど、めちゃ頑張った。日本に半日遅れで、紅白見ながら食べたあの味が懐かしい。

兼　うちとこは昔から代々、お正月のお雑煮は男が作るって決まってた。白味噌、おすまし、白味噌、と三が日のローテーション。

ロ　わあ、それ素敵！　正人にも伝えたらいいね、男のお雑煮。

夏　正人は、パスタを作るらしい。

ロ　男のパスタもカッコいい！　今は料理男子の天下ですね。特にゲイカップルの幸せ料理系。『きのう何食べた？』[※5]とか。

夏　そんなんあるん？

ロ　ほら、お宅のおトイレ文庫の女王、『大奥』[※6]をお描きになった天才よしながふみ[※7]の作品で、とっても素敵なゲイカップルがほのぼのと料理する漫画。

夏　『大奥』は面白い。

ロ　ですよね。漫画の話は長くなるんで止めまして。ブリしゃぶは、三が日のどの辺りで？

夏　最後、ブリしゃぶの日に、どの家族が来とるかって感じやね。ブリしゃぶ狙いで来る家族もあれば、たまたま来て、お、ブリしゃぶラッ

※5 きのう何食べた？
よしながふみの料理漫画。『モーニング』にて連載中。テレビ東京系でドラマ化され、史朗さん（西島秀俊）と賢二（内野聖陽）の仲睦まじさが話題となった。映画化も予定されている。

※6 大奥
よしながふみの、ジェンダーを揺るがした大作漫画。社会のシステムや権力が男女逆転した世界を江戸城大奥を中心に史実と虚構を織り交ぜて描く。手塚治虫文化賞を受賞し、二度映画化された。

※7 よしながふみ
漫画家。雑誌ジャンルを問わず多岐にわたる活動を行っている。練りこまれた筋書きや綿密なストーリー構成を得意とし、人気作品はテレビドラマ化、アニメ化、映画化されている。

キー、みたいなとこもある。兼光さんの三が日のお雑煮、ブリの塩焼、シメのブリしゃぶでうちは完璧。正月完結！

口 ブリしゃぶ、って響き、ホントいいよね。我が家にはない響き。

夏 ブリしゃぶ、したらええやん。

口 テーブルで鍋禁止だもん。キッチンでしゃぶしゃぶして、スープ皿に入れて、冷めかけのブリしゃぶ食べるの嫌だもん。お年玉はどうですか？

兼 なんか協定があるらしいよ、全部同じ金額にするって。

夏 うちの孫らは皆同じくらいの年やから、500円玉1個ずつ綺麗な袋に入れて、お互いにお年玉交換、結局プラマイゼロ。

口 いいね、それ。中学になったらお札交換で、やっぱりプラマイゼロ。鏡餅は飾りますか？「鏡餅不出来人工衛星の世や　山口青邨」[※8]という句、時代を感じます。

夏 へぇ。いつ頃に読まれた句？

口 青邨先生は1892年生まれ、ソビエト連邦が世界初の人工衛星スプートニク1号を打ち上げたのが1957年、アメリカがアポロ11号で人類初の月面着陸したのが1969年、その間くらい？

夏 人工衛星の打ち上がる世に、手で丸めて作った鏡餅がいびつである、そのいびつさがしみじみと面白い。

口 うちらの母は、餅丸めるのも上手やった。中庭で男の人らが餅搗きをして、板の間に敷物して粉を打って、餅を丸める台を作った。そ

※8 **鏡餅不出来人工衛星の世や**
季語「鏡餅」〈新年・人事〉

の台の上に身を乗り出して、こう、腹筋を使って両手で、うんしょ、うんしょ、と母が巨大な鏡餅を完全な円に丸めた。あの時は本当に母を尊敬したね。すごいと思った。お宅の鏡餅はお店で買うの？

兼　うん。買って飾ってたけど、ほらすぐに黴びるじゃない？ だからこの頃は、プラスチックで鏡餅の形して、中にはパックされた小餅が入ってるのを置くだけ。

夏　この頃はそうやけど、前はちゃんとした鏡餅で、お三宝が無いから、お盆の上に飾っとった。毎年、久乃と正人が、何を載せるんやったっけ？ いつから飾るんやったっけ、とか検索してくれて。

兼　裏白はこっちとこっちに置くとか、半紙の折り方とか、ようやっとったな。

口　実家の鏡餅は昆布とか熨斗アワビとか餅の下に敷いてた気がするけどね。

私は、おせちもお餅も食べなくなって10年目。ニックと結婚して以来。ほら、一緒に帰国して、お姉さんちに居候していた時、初めてニックにおせちを経験させた。お豆を食べてマメに暮らす、昆布を食べて喜こんぶ、っていちいち説明したんだけど、ニックが、「BENTO BOXは冷めてる」と文句言うの。焼き立てステーキとか焼き立てハンバーガーが一番なんだな。冷めても美味しい工夫の、めでたい物を重ねて、主婦が台所で働かず座って祝うというね、おせちのありがたみがわからないんだな、と思った。だから我が家のお正月はケンタッキーに行く。

なぜケンタッキー?

口 夏

「おせちに飽きたらケンタッキー」[※9]というチラシを日本語のレッスンで読んで、それが気に入って、「日本の伝統を守り、正月にケンタッキーを食べよう」とニックが言い出したの。毎年必ず行ってます。

おせちは食べないにもかかわらず?

口 夏

そう。日本の伝統じゃないけど「おせち食べずにケンタッキー」(笑)。

では恒例の「食べ物俳句シリーズ・正月家族編」です!

ごまめがちがちどれが孫やら曾孫やら[※10]　夏井いつき

鏡餅がふしぎでたまらない赤子[※11]

鏡餅まで這うてきて泣きだしぬ[※12]

餅焦げてをるぞ赤子が泣いてるぞ[※13]

※9 おせちに飽きたらケンタッキー
KFCでは年末年始期間に「ケンタお重」を販売。オリジナルチキン・えびぷりぷりフライ・カーネルクリスピー・ビスケット・ナゲット・ポテトの計6種を詰め合わせた商品。

※10 ごまめがちがちどれが孫やら曾孫やら
季語「ごまめ」〈新年・人事〉

※11 鏡餅がふしぎでたまらない赤子
季語「鏡餅」〈新年・人事〉

※12 鏡餅まで這うてきて泣きだしぬ
季語「鏡餅」〈新年・人事〉

※13 餅焦げてをるぞ赤子が泣いてるぞ
季語「餅」〈冬・人事〉

ユダヤ人の義弟に餅を焼いてやる

夏井いつき（なついいつき）

季語 **餅／冬・人事**

糯米を蒸し、臼と杵で搗いて切り餅や丸餅にして食べる。餅は冬の季語だが、「鏡餅」「雑煮餅」などは新年の季語。水餅にして保存したり、黴を削ったりするのもまた餅にまつわる季節感。

この句の「ユダヤ人の義弟」とは、もちろん銀髪、髭面のチェリスト、ナサニエル・ローゼン（ニック）のこと。餅がさほど好きではない義姉が、餅がさほど好きではない義弟に餅を焼いてやっている。

ローゼン家の「正月断食」

ロ　ニックは実は、お餅がそれほど好きじゃない。初めて餅搗きに参加させてもらった時は大喜びしたけどね。
「ヨイショ、ヨイショ」と掛け声をかけて杵を振り下ろすのを、ニックは、「ヤッシャ、ヤッシャ」と叫んでやってた。

ヤッシャというのは有名なヴァイオリニストのヤッシャ・ハイフェッツ[※1]のこと。

それ以来、お祭りでお神輿担がせてもらったりする時も、「ヤッシャ、ヤッシャ」。私が「ヨイショ」と、椅子から立ったりする時も、ニックは「ヤッシャ」と、真似してる。何でもかんでも掛け声は「ヤッシャ」で済ましてます。

お餅はね、お姉さんが焼いてくれる時だけ「オイシーデス」とか言って食べる。私は、きな粉餅も、納豆餅も、海苔巻も、大根を絡めた餅も、お雑煮も、おぜんざいの餅も大好きだけど、ニックはどれもイマイチ。唯一好きなのは、おでんの巾着のお餅だけね。

それに、お正月イコール断食だから、この句の詠まれた時以来、もう何年もお餅は食べてない。

ロ夏　お正月に断食？
正確に言うと、正月の終わりを断食で締めくくる。そもそもユダヤ新年は1月1日じゃなくて秋なんです。2020年は9月18日の日没から、「ロシュ・ハシャナ」という正月が始まった。日本のお正月とはもうぜんっぜん違う。炬燵でお笑いのテレビ観て、蜜柑食べた

※1 ヤッシャ・ハイフェッツ
1901～1987年。20世紀最高のヴァイオリニストと讃えられ、ヴァイオリニストの王とも称される。ロシアのヴィルナに生まれ、10歳で初の演奏会を行う。ロシア革命を避けてアメリカに移住し、アメリカの音楽的寵児となる。世界中を演奏旅行しつつ、多数の録音も行った。引退後は、生涯を教育活動に捧げた。

り、カルタ取ったり、全くしません。

夏 何をするの？　初詣は？

ロ ああ、それはちょっと似てるかも。普段はご無沙汰しているシナゴーグ（教会堂）へ祈りに行って、一年間を悔い改めます。正月10日目の贖罪日（ヨーム・キップール）に、いよいよ締めくくりの断食（ファスティング）をやります。シナゴーグに断食中の人々が集い、空っぽの胃から臭い息を吐き合いながら議論する、というのがユダヤの伝統的な新年の風景なんだって。

夏 臭い息を吐き合って議論するっていうのは、このコロナのご時世には、とっても無理があるやろうね。それで今年は、Ｚｏｏｍ断食か何かで？

ロ それがですね。春の過越祭のＺｏｏｍセデル[※2]は、みんなでワインをがんがん飲んで、ワイワイ話すから楽しかったけど、断食は長くて陰気なのでね。もう夫婦だけでしんみりとやりました。２０２０年のヨーム・キップールの断食は27日の夕方から28日の夕方まで。27日の朝から食いだめ、コーヒーと水も飲みだめ。

夏 断食中は水も飲まんの？

ロ 正統派ユダヤ教の人は唾も飲み込まないんだって。ニックは持病の関係で水分をたっぷり摂ることを医師から勧められているので、最低限の水は飲みます。我が家的戒律は、「健康第一！」。日没から断食開始なんですが、もう昼過ぎからずっと食べ続けでし

※2 Zoomセデル
第3章「Zoom過越祭」P121〜127参照。

※3 鎌倉ハム
明治時代に骨付きハムを製造して以来、有名な手造りハムの老舗ブランド。妹ローゼンは、食べ物の中でハムが世界一好き。鎌倉ハムに出会ってからは、「鎌倉ハムが世界一好き」と公言している。自分用のマヨネーズを持っていて、ハムに直に塗って食べる。

たね。まず、鎌倉[※3]ハムとエリンギ茸のペンネを4人分くらい作って、ニックと半分ずつ食べて、ラジオ体操をして、断食開始の日没には寝てました。起きてるとどんどんお腹が減るから。
翌朝がいつも大変です。いつもニコニコお喋りのニックには珍しく、ぶすぅっとして口もきかない。コーヒー飲まないと調子が出ない。朝ご飯を食べないから、私もイライラ。時間を持て余す。家に籠もっているとお互いのイライラをぶつけ合ってしまうので、犬のかぼちゃんと3人で三国峠[※4]へドライブしまして、初冠雪の富士山を見ました。これが素晴らしい体験になりました。薄(すすき)の原っぱの真ん中に立ち、青い青い富士山の、白い白い雪を見ていると、まさに、「もの[※5]食はねば冬の躰のきれいになる　夏井いつき」の句みたい！胃の中が空っぽなのが清らかに思えて、身も心もきれいになったと、感じました。

夏 宗教的断食じゃなくても、ごく普通の健康診断前の絶食の時でも、身体がきれいになったと感じるものだよね。

ロ さっきも話が出たヴァイオリニストのヤッシャ・ハイフェッツ先生は、晩年、ヨーム・キップールの断食の直後に転倒して、病院に運ばれ、そのまま亡くなったの。だからニックは断食の前後は転ばないように気をつけて、自転車も乗らない。ゆっくり散歩する。
ヨーム・キップールのクライマックスは、ニックがチェロで弾く『コルニドライ』[※6]。今年は特別にニックの友人デニス[※7]の演奏する

※4 三国峠
山梨県、神奈川県、静岡県の県境にある峠。富士山と山中湖を一望でき、秋冬にはダイヤモンド富士が見られる。

※5 もの食はねば冬の躰のきれいになる
季語「冬」〈冬・時候〉

※6 コルニドライ
妹ローゼンは、夫のニックから「コルニドライとは、ユダヤの新年のクライマックスである贖罪日ヨーム・キップールの断食中唱えられるHoly Prayer（聖なる祈り）であり、その旋律に啓発されたドイツ人のブルッフが書いた楽曲が『コルニドライ』である」という説明を聞いてから、毎年ニックがチェロで奏でるコルニドライを聴いている。

※7 デニス
デニス・ブロット。カナダ人のチェリスト。グレゴール・ピアティゴルスキーに師事。モントリオール室内楽音楽祭の設立者で芸術監督。

YouTubeを聴きました。デニスは不運にも新型コロナ感染症に罹患し、一度は呼吸停止し、呼吸器に繋がれ、周りはほぼ諦めていたそうですが、奇跡的に生還して、ICUで2ヶ月闘病、回復ののち、闘病中麻痺した左手の指の手術を受け、リハビリを続けた末ようやくチェリストとしてカムバックした人です。世界中のコロナ患者に捧げたデニスの『コルニドライ』を聴いて、泣けました。
デニスに電話してお祝いを言い、「今までは家族や生徒のためにチェロを弾いてきたが、これからは自分のためにチェロを弾きたい」というデニスの言葉を聞き、またまた感動しました。

断食が終わったら、何を食べるの？

日が沈んだら、断食終了！　餃子を山ほど焼きました。

へ？　なんで餃子？

いつもは、ラックオブラム[※8]と、じゃが芋を山のように焼いて食べるんだけど、今年はなぜか餃子にしようと。コストコで買う韓国製の冷凍餃子の皮がペリメニのように肉厚で、春雨と野菜の具だくさんで、本当に美味しいの。我が家はそれにハマっているのです。叩きニンニクを焦がした油で、その肉厚餃子を2回転くらい焼いて、もうニンニクの海に身を任せましたね。とっておきのピンクシャンパンも開けて飲みました。さんざん食べて飲んだのに、翌朝体重が3kg減ってた。断食ダイエットすごい。

お疲れさん。断食明けのニンニクたっぷり餃子は精がつきそう。あ

※8 ラックオブラム
仔羊のあばら肉の骨付き塊。これを骨1本ずつ切ったものがラムチョップ。結婚式やお祝い事にも登場する。ローゼン家のレシピ：①ラムのあばら肉全体に塩コショウ。表面の脂に切れ目を入れ、おろしニンニクをすり込む。②鉄板の中央にラム肉を置き、周りにローズマリーの葉と、オリーブ油をまぶしたじゃが芋を並べ、オーブンで約45分焼く。③ミントジェリー（砂糖少々まぶして水気を抜いたミントの葉のみじん切りに、オリーブ油を加えて寝かしたソース）が無ければ、粒マスタードを付けて食す。

※9 ドヴォルザークを弾きたい
チェコの作曲家アントニン・ドヴォルザークが作曲した傑作『チェロ協奏

なた達の新年の抱負は？

ロ

私は、この本が店頭に並ぶのを見ること。ホラー小説を世に出すこと。ニックは、コロナが収まったらコンサートを一杯やりたい。函館で[※9]ドヴォルザークを弾きたいし、ピアニストの落合敦さん[※10]とデュオのレコーディングもしたい。ワミレスのチャリティーコンサート[※11]シリーズも、藍生俳句会30周年記念コンサート[※12]も、全て復活したら本当に嬉しいです。

赤かぶ[※13]をかぢるやキールロワイヤル　夏井いつき

曲ロ短調 作品104」は、日本にて「ドヴォコン」の愛称で親しまれる。2020年秋、ニックと函館市民オーケストラが共演予定だったが、コロナの影響で延期に。

※10 落合敦さん
ピアニスト。2013年よりニックとデュオコンサートを開催。世界のオーケストラと共演する。

※11 ワミレスのチャリティーコンサートシリーズ
ワミレスコスメティックスが開催するチャリティーコンサート。

※12 藍生俳句会30周年記念コンサート
姉妹の恩師であり、日本を代表する女流俳人黒田杏子主宰による藍生俳句会の『藍生』創刊30周年記念大会のイベントに予定されていたチェロリサイタル。

※13 赤かぶをかぢるやキールロワイヤル
季語「赤蕪」〈冬・植物〉

第5章
思い出の食卓

暗き湖より獲し公魚の夢無數

藤田湘子（ふじたしょうし）

季語　公魚（わかさぎ）／春・動物

キュウリウオ科。小柄な銀白色の淡水魚。結氷湖に穴を開けて釣る穴釣りは冬の風物詩だが、産卵する初春を季語とする。吸い物、天麩羅、佃煮などに適している。

冬雲が垂れ込める氷湖の上に開いた無数の穴から釣り上げられる無数の公魚達は、暗く冷たい湖の底で無数の夢を見ていたのだろうか。公魚釣りをした人の夢にも、その無数の公魚が現れそうだ。

「澤田さん」と氷上の食卓

アタシらって、誰か特別な人と食卓を囲んだ思い出って何かある（と、兼光さんに聞く）？

あんまり、改めて家に招かれたりはしてない。

『プレバト!!』の浜ちゃん[※1]ちに招かれたりしないの？ 梅沢[※2]さんの食卓とか？ 収録後飲みに行ったり、食べに行ったり、打ち上げとかしないの？

ほぼ無い。皆終わったら、三々五々解散していくから。『プレバト!!』では、2回ぐらい打ち上げあったけどね。ほら、宇多喜代子[※3]さん、高野ムツオさん、井上康明さんに来てもらったやん？ 終わってから、スタジオの目の前のイタリアンで、みんなで食べたけどね。

『俳句王国がゆく』だと前日は、出演者みんなでご飯を食べる。それは、翌日の番組のために必要な打ち上げ方。即吟の練習とか出演者にさせる。

芸人さんや芸能人の人達が、「こんなに番組の前に飲み会する番組って滅多に無いから、楽しみです」ってよく言っているね。

番組の後は皆飛行機に間に合うようにさあっと帰る。

技術スタッフさんとかは、自分らでどっかで飲んでるのかもしれんけど、毎回打ち上げやっとったら身が持たんやろ。

やっぱテレビは劇団とは違うね。劇団の人は、打ち上げを絶対にやる。打ち上げのために芝居をやってると言っても過言ではない。

私は昔大学の同級生が立ち上げた演劇プロデュースの会社を手伝っ

※1 浜ちゃん
浜田雅功。『プレバト!!』の名司会者。姉夏井と梅沢富美男さんとの激しい丁々発止に、ある時はさらりと、ある時はぴしゃりと、ほどよく割って入るツッコミテクニックも見もの。

※2 梅沢さん
梅沢富美男。『プレバト!!』で永世名人位を獲得。妹ローゼンはドラマ『ゼロ一獲千金ゲーム』在全無量の大ファン。後藤峰子的ドレスを着て、和服の梅沢と写真を撮るのが夢。

※3 宇多喜代子さん、高野ムツオさん、井上康明さんに来てもらった
『プレバト!!』で、名人・特待生が高校生や天才小中学生と行った他流試合の審査員を務めたのが宇多・高野・井上のお三方。

口 夏

てたんで、新宿歌舞伎町の花園神社で唐さんの劇団[※4]唐組の打ち上げに参加したことがある。

夢の遊民社[※5]が代々木体育館で公演した時も、野田秀樹さんちで大勢で飲みました。野田さんが、芝居のビデオをみんなに見せてくれるんだけど、同じ場面を止めては繰り返し、全く飽きずに延々と巻き戻して見る。凡人とは集中力が違う、パッションが違う。

うちのニックも、ブルックナーのシンフォニーのクライマックスを繰り返し、巻き戻し、延々と何度も聞いて、その度にウォー、ウォーと吠える。

尋常で無い執念といえば、映画[※6]『エヴェレスト 神々（かみがみ）の山嶺（いただき）』の羽生丈二の執念がすごい！

「あしが動かなければ手であるけ。てがうごかなければゆびでゆけ。ゆびがうごかなければ歯で雪をかみながらあるけ。はもだめになったら目であるけ」のくだり、これは小説の方ですけど、映画でもこんな台詞を阿部寛さんが熱演して、くーっ、泣かす。

映画[※7]『エベレスト3D』は怖すぎて二度と観られません。あれを観て以来、酸素切れかけで大渋滞のヒラリーステップ[※8]に並ばされる悪夢を何度も見る。

あれ？　ワカサギの俳句の話題に、なんでエベレスト登山？

ワカサギとかけて、エベレストと解く。その心は、夢枕獏[※9]！　お姉さん達を北海道のワカサギ釣りに誘ってくれたお方は、傑作『神々

※4 唐さんの劇団
唐十郎（からじゅうろう）が座長を務める「唐組」。通称「紅テント」で公演を行う。妹ローゼンは「唐組」の大阪公演を手伝った経験がある。初対面の唐十郎から「女中」と呼ばれ、当時ローゼンの相棒で、後に女優から演劇プロデューサーに転身した岡本康子は「社長」と呼ばれた。二人の関係性を一目で見抜く唐十郎の眼力。

※5 夢の遊民社
東京大学演劇研究会の野田秀樹を中心に旗揚げされたアマチュア劇団。後にプロに転向した後は、演劇の枠を打ち破る試みを続けた。解散後野田秀樹は「野田地図」（NODA MAP）を旗揚げ。

※6 映画『エヴェレスト 神々の山嶺』
第11回柴田錬三郎賞を受賞した夢枕獏の『神々の雪嶺』を映画化。

※7 映画『エベレスト3D』
実際にエベレストで起きた大量遭難事故を3Dで

夏 の雪嶺』の作者夢枕獏先生よね？

兼 ああ、そういえば。あれは誘われたというか。ねえ（と兼光さんを見る）？

口 たまたまね、『NHK俳句』に夢枕さんがゲストで来た時、夢枕さんが、ワカサギ釣りってあるけど行きますかって、まあお愛想で言ったかもしらんけど、そんな話になって、行く行く、ってことになって。その年はもう無理で、翌年の2月に行ったんよ。北海道の湖や川で釣りをセッティングするアウトドアガイドの澤田さん[※10]がお世話してくださって、1泊か、2泊したかな。

夏 アタシらは1泊しかできんかったけど、正人は先に行って2泊した。

兼 いいな、いいな。モンベルでスキージャケットやらスノーブーツやら完全装備を揃えてたみたいだけど、それでも寒かったんじゃない？

夏 いや、そうでもなかった。マイナス20度くらいになるよって聞いてたけど、マイナス5度くらい、むしろ暖かいって、地元の人達は言ってた。

兼 アタシは寒かった。今日は暖かいねって地元の人達が言うのが、0度からマイナス5度くらいで、何それ!?　と思った。

口 湖の周りが網走の森林で、大鷹の巣があったりとかね。風景も珍しいし、気候も様々で、晴れもあれば、雪もあり、吹雪にも遭ったな。私は山中湖に住んでますが、ワカサギ釣りはしたことないです。ドー

映画化したサバイバルドラマ。

※8 ヒラリーステップ
エベレストに人類初登頂したエドモンド・ヒラリーの名から付けられた。エベレストの頂上近くの尾根にある12メートルのほぼ垂直の壁。

※9 夢枕獏
小説家。伝奇小説の新たな地平を切り開き、ベストセラー作家となる。多くの人気シリーズを持つ。

※10 澤田さん
北海道アウトドアガイドサービス「水面」の澤田耕治さん。北海道の自然を堪能したい方のガイドをしている。

ム船で観光客がやってるのは見る。氷の湖に穴を開ける「穴釣り」が有名ですよね？

夏 アタシらは釣り竿とか持っていってなくて、貘さん達が全部貸してくれて。ワカサギ釣りの竿って、これぐらいしかないんよ（と、手を顔の前で30cm幅くらいに広げて見せる）。これぐらいで、糸がもろもろって付いてて、氷の穴の中でこうやると（と上下に動かす）、ぴよーんとしなって、ああ、釣れた（と、竿を持ち上げて見せる）、こんな感じ。なんぼでも釣れるので面白かった。ある程度釣ったら後は俳句モード。澤田さん達がテントも張ってくれて、ワカサギ釣る場所もセッティングしてくれて、毎回食事も作ってくれる。

兼口 それならアウトドア初めてでも大丈夫ですね！

夏 熱い鹿肉のシチューできましたよーって呼ばれると、そこへ行ってシチューを食べる。鹿肉の燻製できましたよー、ワカサギ天麩羅ですよーって、氷の上にホットワインが常に沸かしてあって、好きな時に飲んで暖を取る。

夏口 あれこそ本物の大人の贅沢やったねえ……（と、兼光さんと顔を見合わせて頷く）。

ワカサギ食べ放題？

ワカサギを一杯食べるのが楽しいというのでもない。桃狩りの桃を食べても1個か2個なのと同じように、ワカサギもある程度しか食べられない。ただ食べるんじゃなくて、こういう極寒の風の中で食べるとか、ホットワインが氷の上で常に沸いているとか、鹿肉をその場で削ってもらって食べるとか、そういう雰囲気を楽しむ。それはヤッホー！　ジェットコースター！　みたいな楽しさとは違う……アタシは俳句と出会ってなかったら、愛想もへったくれもないつまらん婆さんやったと思う(爆笑)。

ワカサギはともかく、桃狩りに行って、桃を1個2個しか食べないって信じられません。私なら5、6個は軽ぅくいける。お腹すいてたら10個くらい食べる。

イチゴ狩りでもそう。孫を連れて行って、子ども達がイチゴをお腹一杯食べて、顔も身体もイチゴ汁で真っ赤でどろどろーっていうのを見て、一句詠むのが一番楽しい。

私は釣りは苦手ですが、獏先生と差し向かいでホットワインをふーふー飲んで、『神々の山嶺』の映画の感想を聞きたい。(羽生丈二を演じた)阿部寛[※11]をどう思うかとか、「ジョージ・マロリー[※12]はエベレストに登頂したのか？」とか。万が一次回があれば私も誘ってね。

実はここにお姉さんのミニ句集『ワカサギ』があるの。これを読むと、行かなくても行ったような気分になる。冒頭に「網走湖ワカサギ隊の皆さんに捧ぐ」という前書き。そして、この句達。


立春[※13]の氷上に咲くテント群　夏井いつき

※11 阿部寛
妹ローゼンの最も好きな日本の俳優。日本アカデミー賞最優秀主演男優賞他、受賞歴多数。夢枕獏原作映画では、『エヴェレスト 神々の山嶺』の羽生丈二役の他に、『沙門空海唐の国にて鬼と宴す』を原作とする日中合作映画『空海―KU-KAI― 美しき王妃の謎』の安部仲麻呂役で出演。

※12 ジョージ・マロリー
イギリスの登山家。「そこに山があるから」という名句で知られる。エヴェレスト登頂途中で消息を絶ったいきさつは、今もなおエヴェレスト登頂史上最大の謎とされる。

※13 立春の氷上に咲くテント群
季語「立春」〈春・時候〉

夏

※14 担ぎ来る氷に穴を空ける棒

※15 釣り上げしワカサギ跳ねて雪まみれ

※16 鹿肉を削ぐや雪また猛り出す

※17 ホットワイン注ぐコッヘル雪の声

まさに、「暗き湖より獲し公魚の夢無数」の生の世界がここにありますね？

ううむ……実際釣ってみるとね、イメージしてたのとちょっと違うんよね。

アタシが子どもの頃、夢中になって愛媛の海で釣っとった釣りの感覚が蘇った。船釣りとか磯釣りとかと状況は全く違うけど、氷の穴に竿をこう入れて、ワカサギが釣れてくる瞬間の、あ、釣りは釣りなんや、という手応え。もう夢中になって釣った。夢とかロマンとかではなく、釣りは釣り。氷の上にカウンター置いてピンピン叩きながら釣る、千匹釣ったら今日はお終い。ジップロックに詰め込んで氷の上に置いとったら、冷凍ワカサギになる。

ちょうどこないだ、「野生俳壇」[※18]で「公魚」の題を出したら、氷の穴から釣る、というワカサギ情報だけを元に作ったそれこそ幻想的な

※14 担ぎ来る氷に穴を空ける棒
季語「氷」〈冬・地理〉

※15 釣り上げしワカサギ跳ねて雪まみれ
季語「公魚」〈春・動物〉

※16 鹿肉を削ぐや雪また猛り出す
季語「雪」〈冬・天文〉

※17 ホットワイン注ぐコッヘル雪の声
季語「雪の声」〈冬・天文〉

※18 野生俳壇
「小説野性時代」（角川書店）に連載されている俳句投稿コーナー。選者は夏井いつきと長嶋有。

夢とロマンみたいな題詠の句が多かったけど、そんな中にワカサギ釣りならではのリアリティある句を見つけたら、すごく嬉しくなった！　そう！　それだよね！　という共感。

ワカサギ釣りの竿はミニチュアだけど、釣りという行為のその一点は何も変わりない。たまたま山のように無数に釣れても、魚は魚、釣りは釣り。だから面白いんだよ。釣りって。

そうなんだ！　ところでこの網走湖が、お姉さんが日本最北端に行った経験なの？

あれ？　礼文島と網走とどっちが最北端？　京女時代の親友ショーコに無理やり連れて行かれた礼文島（笑）。

そら礼文島。礼文島のちょっと北の宗谷岬に日本最北端の碑がある。網走はだいぶ南。

お姉さんにも素敵な少女二人旅があったんやね（笑）。どんな旅の食卓？

ユースホステル泊まりの貧しい食生活やったよ。

あ、そういえば、思い出の食卓がもう一つある。

[※19]松山の矯正歯科のキム先生一家とはお正月に招かれたり、招いたりという家族ぐるみのお付き合い。帰省している子ども達と一緒にわいわい賑やかな食卓を囲む。オーストラリアに留学した紗蘭ちゃん[※20]はメルボルン大学を首席で出て、総代挨拶して、向こうで就職したって。

※19 松山の矯正歯科のキム先生
松山市に開院。20年以上「素敵な笑顔を手に入れてもらうお手伝い」をモットーに、地域の人々に信頼される矯正専門歯科医師として親しまれている。妹ローゼンも松山在住の間に通院して、キム先生のアドバイスを聞いただけで歯の食いしばりが改善された。

※20 紗蘭ちゃん
金紗蘭（きむさらん）。いつき組若手俳人、アーティスト。高校時代よりオーストラリア・メルボルンへ留学。姉夏井が孫達に捧げたミニ句集『日よ花よ』の、表紙切り絵は金紗蘭さんによるもの。

ロ　わあ、すごいですね！　おめでとうございます!!　コロナが終息したら、日本の夏にオーストラリアへスキーに行きたいね、ってニックといつも話してます。その時は、紗蘭ちゃんにメルボルン市内を案内してもらいたいな。

夏　日本全国、いや世界津々浦々に、ニューヨークにも、ドイツにも、イスタンブールにもいつき組組員さんは点在しているから、コロナが収まったら、お互いにどんどん俳句交流もしたらいいねえ。

ロ　紗蘭ちゃん、富士山にも一句詠みに来てね!!

衣被生き方はもう変へられぬ

長谷川せつ子（はせがわせつこ）

季語　衣被（きぬかつぎ）／秋・人事

里芋の子芋を皮付きのまま茹でたもの。お月見の膳に団子等と供える。平安時代、女性が顔を晒すのを恐れ、頭に衣を被って外出する姿を「きぬかずき」と呼んだことに由来すると言われる。

衣被を指先で摘んで、つるっと皮を剝き、一口で食べる。それを淡々と繰り返しながら、「生き方はもう変えられない」と開き直っているような、悟っているような人の呟き。

口　YouTube『夏井いつき俳句チャンネル』の人生相談のコーナー[※1]で、この句が紹介されていて、おっ、いいなあ、その通り！　と思いました。私はダイエットとか、禁煙とか、断食とか、我慢系のイベントはむしろ得意ですが、生き方はどうやっても変えられません。この句の気持ちがわかります。

夏　ああ……あの時のお悩みは確か、物が捨てられない悩みやったかな。出かける時に、ミュージック・プレーヤーとか、スマホの充電器とか、ポケットWi-Fiみたいなもんとか、重たそうな機械類をとにかく全部持って出ないと気が済まないって人に、この句を紹介して、子芋をぷっと剥いて食べながら、今さら生き方は変えられませんよ、生き方の部分は一回開き直りましょうと。荷物を減らして、膝も心も楽にするための提案してあげた。

口　どんな提案？

夏　ええとね、鞄の中の物を一つ置いて出て、無くて困った経験を俳句にする。いい句ができるまで続けて、いい句が詠めたら、それが無かったことに感謝して、さて、次はどれで試すか、と次の物を置いて出かける。それを繰り返すうちに、無くても困らなくなりますよ、という提案。

口　おおお！　例えば何かな？　一番無いと困る物といえば、やっぱりiPhoneのチャージャー（充電器）かな。これが無くて死にかけた。数年前、極寒の京都で、夜中に八坂神社[※2]で道に迷い、出口が全くわ

※1　人生相談のコーナー
YouTube『夏井いつき俳句チャンネル』のコメント欄に寄せられる人生の悩みについて、姉夏井いつきと長男家藤正人が答えるコーナー。古今の名句を紹介しながら解決していく。

※2　八坂神社（やさかじんじゃ）
京都祇園にある神社。祇園祭の胴元としても知られ、祇園さん、と呼ばれる。素戔嗚尊（すさのおのみこと）が祀られている。

からなくなり、寒さのあまりiPhoneのバッテリーも切れ、このまま堂々巡りして、神社の中で清らかに凍死するんかな、とマジで思いました。必死で脇の下にiPhoneを入れて温めて、何とかナビが動いて、方向がわかって、神社から脱出できました。

夏 大きな神社とはいえ、境内の中で迷子になれるもん？　ケータイ無くても出られるやろ？

ロ 私はどこを歩くにもiPhone[※3]のナビが必要。ナビなしでは即迷子。怖いのはね、私とニックが住む富士山麓では、iPhoneのナビが働かないから、青木ヶ原樹海[※4]に自殺志願者が入って、途中で怖くなって心変わりしても、樹海の中を堂々巡りして、結局、飢え死にするんだって。そういう人の白骨が転がっている、という樹海伝説があります。

夏 アタシャ、そのナビとかは、使ったことがない。

ロ お姉さんは使わないでも、兼光さんがナビ使って目的地へ案内してると思うよ。
和牛[※5]の漫才で、束縛の強い彼氏が、自分の彼女がカッコいい男に出会わないように、カッコいいウェイターが働いてるカフェや、カッコいい客が集まるイタリアンバルとかを避けるためにナビを使ってくれ、ナビの画面にカッコいい店が出たら避けて歩いてくれ、と彼女に強制するネタがあって、彼女が、ナビはお店を探すために使う道具よ、お店を避けるために使うナビなんて聞いたことないわ、っ

※3 iPhoneのナビ
スマホなどの携帯電話に備わっているナビゲーション機能。自動車におけるナビゲーション機能と同様に、行き先の名称や住所をインプットすると、地図上に目的地までの道順と、付近一帯の地名、駅名、店名などの目印になる物も表示される。

※4 青木ヶ原樹海
山梨県富士山北西麓に広がる大原生林。富士山頂から見ると、風に靡（なび）く木々が海の波のように見えることから名付けられたと言われる。展望台や風穴・氷穴などで知られる観光地である。一部磁石のきかない地帯があるので、奥へ入るのは危険。

※5 和牛
妹ローゼンの好きな漫才師のコンビ名。第4章「14年目の結婚記念日」※4 P163参照。

て怒り出す場面、何度見ても爆笑。テレビ局の廊下で和牛のコンビを見かけたら一緒に写真撮ってもらってね、ね、お願いします！

夏 コロナ中につき、お願いされません（笑）。それより、アンタの生き方をどうしても変えられんというのは、例えばどんなふうに変えたい？

ロ 例えば、人に頼らず、何事も自分で決め、さばさばと自由に生きたい、と思うんだけど、すぐまた誰かに頼ってしまう。束縛されてもいいから、主人の言いなりの楽な人生を求めてしまう。

夏 彼氏のためなら、カッコいい男のいる店を一生避けて暮らしてもいい、というタイプ（笑）。

ロ そういう私と正反対の精神的に自立した生き方をしている女性に憧れます。黒田杏子先生でしょ、お姉さんでしょ、ニックの義母のベティでしょ。それから、ピアニストの田崎悦子さん※6もそっちのタイプだと思う。ってことで今日は、悦子さんちの食卓の話です。

ニックが日本に来てすぐ、お披露目の演奏会（2013年12月6日）をサントリーホールで催して頂いたのですが、その時の共演者がピアニストの田崎悦子さん。私達と同じ山梨県内にお住まいで、古民家を改造した田崎家までドライブして、何度かリハーサルをさせていただきました。

立派な2頭の犬が門前を守っている、見た目は普通の農家ですが、入ってみるとミュージアムのような雰囲気。巨大な大黒柱や、むき

※6 田崎悦子さん
ピアニスト。ジュリアード音楽院留学以後、30年にわたりニューヨークに在住し、国際的に活躍。シューベルト、ベートーヴェン、ブラームスの最晩年のピアノ作品を集めた『三大作曲家の遺言』は、1997年文化庁芸術祭参加作品となった。ピアノワークショップ「Joy of Music」総合音楽監督。現在、八ヶ岳山麓に居住。

口　兼　夏

出しの太い梁（はり）や、廊下や壁がぴかぴかと黒光りする木造ドームのような家の中央に真っ黒いグランドピアノの存在感がすごい。悦子さんがそこに座るとまるで玉座！　いやあ、すごいリハでした。がっぷりと四つに組む、と言いますか。1曲ずつ、じっくりと、丁々発止と、熱の籠もったリハーサルの合間に、ふと悦子さんが、「ニック、あなたの弓は普通よりも短いの？」と仰いました。それを聞いてニックの喜んだこと！　つまり、普通の弓だけど、根元から先まで全弓を素早く使うので、人よりも短く見えたっていうこと。しかもそれを言ったのが他でもない、世界に名だたるチェリストと共演を重ねてこられた世界の田崎悦子さんだから！　今でも友人に、エッコが俺にこう言ったんだよと、さんざん自慢してます（笑）。

ああ、でもわかる。ニックの弓が短く見えるっていうの。観察眼が鋭い。

サントリーホールのデュオリサイタルは、オールソナタのプログラム？

そうです、そうです。ドビュッシーの『チェロとピアノのためのソナタ』、ベートーヴェンの『チェロソナタ第3番イ長調』、フランクの『チェロとピアノのためのソナタ』、という超豪華ソナタプログラム。ニックが張り切りましたね。悦子さんご自身も、「彼のパッションと集中力」「1×1＝100の感じ」「彼曰く、〝キケン〟なくらいすばらしかったネ」と、共演の感想をウェブサイトで呟いておられました。

兼 田崎さんとニックは前から知り合いやったん？

口 若い頃に『マールボロ音楽祭』[※7]で出会って、室内楽も共演していたそうですよ。
で、二人の再会を祝って乾杯しようってことになって、リハの後で悦子さんがキッチンのカウンターに入ると、たちまち湯気のもくもくと立ち上る大きな笊が出てきて、それが田崎家の畑で育てた山盛りの衣被ぎ！　小皿に塩を振って、うちらが割り箸で子芋を摘もうとしてたら、悦子さんが、ピアニストの指先で、子芋を摘んで、つるっと剥いてご自分の口にひょいと入れ、「こうすればいいのよ」と、可愛い魔女のような目で仰って。それからひたすら食べました。
滅多に呑まない日本酒も頂きました。ニックは運転してきたから飲めないんだけど、盃を一口舐めて、オイシーサケ!!　と叫んでましたね。もう銘柄がどうのこうのじゃなくて、熱々の衣被の後に吸いつける冷酒の旨さ、滑らかさにびっくり。以来、日本酒の肴はやっぱり衣被やね、と言って回っている。ちょっと酒飲みに聞こえるから得意で。

夏 衣被は酒の肴という認識で正しい。指先で思い出したけど、ほら、草間時彦さんの衣被の句？

口 「きぬかつぎ指先立てて食うべけり　草間時彦」[※8]、まさにこの句の通りでした！

※7 マールボロ音楽祭
アメリカのヴァーモント州で開かれるクラシックの音楽祭。ピアニストのルドルフ・ゼルキンらが設立。当時ニックは、ルドルフ・ゼルキンの娘でチェリストのジュディスと交際しており、パパ・ゼルキンらとも家族ぐるみのお付き合いや、共演も多かった。

※8 きぬかつぎ指先立てて食うべけり
季語「衣被」〈秋・人事〉

※9 衣被李白を憶ふ杜甫の詩
季語「衣被」〈秋・人事〉

※10 杜甫
712〜770年。後世の中国・日本の詩に大きな影響を与えた詩人。青年時代、進士の試験に落ちて放浪し、李白などと詩酒の交わりを結ぶ。士官が叶わず、安禄山の乱では賊軍に捕らえられ、「国破れて山河あり城春にして草木深し」という『春望』の詩を詠んだ。

私は、「衣被[※9]李白を憶ふ杜甫の詩　長谷川櫂」、も大好きです。悦子さんちで衣被を食べてお酒を飲んでから、この句が本当に実感できます。

中国の詩人杜甫[※10]は、『春日憶李白（春日李白を憶ふ）』という詩の中で李白[※11]のことを、「白也詩無敵（李白の詩は敵がない）」と書き、また『飲中八仙歌（いんちゅうはっせんか）』という8人の酒豪を詠んだ詩の一節でも、『李白一斗詩百篇　長安市上酒家眠　天子呼來不上船　自稱臣是酒中仙（李白が酒を一斗飲むと、詩が百篇できる。長安の酒場で眠り、天子様の船に呼ばれても乗らない。酒びたりの仙人ですと自ら名のった）」と詠みました。杜甫は李白の真のファンだったのですね。

夏

俳句も同じことだね。子規の友人の漱石や虚子が、子規を想う句[※12]を書く。中でも、子規を看取った夜の虚子の句と、漱石がロンドン留学中に、子規の葬儀に参列できなかった無念の心を表した句が有名。

彼らはみな子規のファンだった。

ロ

その弟子のまた弟子達も後に続く。「ある年の子規忌の雨に虚子が立つ[※13]　岸本尚毅」、「かまくらへゆつくりいそぐ虚子忌かな[※14]　黒田杏子」。詩人同士が互いを認め合い、競い合い、讃え合う。演奏家もまさに同じですと、今日の食卓の話が、うまいこととまとまりました！

※11 李白
701～762年。中国の詩人。酒・月・山を好んで詠み、道教的な幻想に富む作品を残した。詩聖杜甫に対し、詩仙李白と称される。

※12 子規を想う句
子規逝くや十七日の月明に　高浜虚子（季語「十七夜」〈秋・天文〉）
筒袖や秋の柩にしたがはず　夏目漱石（季語「秋」〈秋・時候〉）
手向くべき線香もなくて暮の秋　夏目漱石（季語「暮の秋」〈秋・時候〉）
霧黄なる市に動くや影法師　夏目漱石（季語「霧」〈秋・天文〉）

※13 ある年の子規忌の雨に虚子が立つ
季語「子規忌」〈秋・人事〉

※14 かまくらへゆつくりいそぐ虚子忌かな
季語「虚子忌」〈春・人事〉

母の日のてのひらの味塩むすび

鷹羽狩行（たかはしゅぎょう）

季語 **母の日／夏・人事**

母へ感謝と敬愛を深める日。5月の第2日曜。米国のアンナ・ジャービスが、母を偲んで白いカーネーションを捧げたのが始まり。母が健在の場合は、赤いカーネーションとなった。

母の日に塩むすびを食べていると、ふと母の手を思い出した。梅干しも昆布も何も入れず、手のひらに塩だけつけてむすぶ、真っ白なおむすびを、母は生涯何個作ったことか。ひび割れに塩がしみる夜もあっただろう。母よありがとう。

おふくろの味とさくらんぼ

口 昔、運動会や遠足の日に母が握ってくれたおむすびの塩味が蘇ります。あれはまさに、てのひらの味、としか言い様がない。
うちらの母はご飯をふっくらと炊くのが上手だった。ふっくらを保ちつつ、俵形の小さなおむすびにふわふわと握って、海苔もふわっと巻いて、あんな美味しいおむすびを食べたことがない。
おかずは卵焼きとハムだけ、もうそれで最高にシアワセ。私のおふくろの味は、おむすび、卵焼き、ハムです！

夏 これが鷹羽狩行の句であることに、今心底驚いている。こんな句を作る!?

口 もちろん！ 私にとっての鷹羽狩行さんは、「摩天楼より新緑がパセリほど」[※1]の世界。もう可愛いくてたまりません。爽波・狩行は私の二大メンカワ俳句！

夏 メンカワ？

口 メンズの作ったカワイイ句。「冬ざるるリボンかければ贈り物 波多野爽波」[※2]。

夏 大御所二人をそういう切り口で……気を取り直して、アタシらはおふくろの味というより、祖母の味。千代子ばあさんが台所を仕切っていたから。母から教わったことは、大勢の飲み会の回し方と、後片付けの要領のよさ（笑）。

口 組長という職業柄とっても大事でしたね（笑）。千代子ばあちゃんの思い出といえば、強烈なのがあります。秋田犬の力丸号との別れの場。

※1 摩天楼より新緑がパセリほど
季語「新緑」〈夏・植物〉

※2 冬ざるるリボンかければ贈り物
季語「冬ざるる」〈冬・時候〉

小学生の頃、お父さんが品評会に出す秋田犬の小犬リキ（力丸号）を飼い始めた初日を覚えてます。リキは家に着くなり、車酔いして吐いた。お祖母ちゃんがドッグフードをお湯でふやかしてあげたら、カツカツ音を立てて食べた。私は布団で一緒に寝たかったけど、躾のために中庭の犬小屋で飼うと決まって、私は何度もリキを見に行ってた。
朝になると学校に行くのが嫌で、嫌で、早く帰って来てリキと遊びたいとばかり思ってた。

夏　アンタはなんやかんやと、朝起きて学校に行くのを嫌がった。アタシは、信太郎さんと一緒の時だけリキと散歩に行きよった。成長したリキが、アタシの肩に伸び上がって手をかけてくるのが、ちょっと嫌やった。

ロ　ギャハハハ。お姉さんて本当にペット要らない人だよね。何だっけ？「犬派ですか？　猫派ですか？」って聞かれた時、何て答えるんだっけ？

兼　芋焼酎派。

ロ　ヒャハハハ。何度聞いても面白い。
話を戻しますと、月日は流れて、いよいよリキが品評会へ出ることになり、訓練を受ける専門の犬舎へ預けることになって、私には何の相談も無しに、ある日学校から戻ったら、リキが居なくて、おばあちゃんが倒れてた。まるで犬攫（さら）いにさらわれたみたいに、おばあちゃんがリキの後を追って、大泣きして、高血圧が一気にはね上がって錯乱したらしい。

盆と正月がいっぺんに来たようなご馳走を食卓狭しと並べてぶっ倒れちゃった。おばあちゃんが心配で、ご馳走の山も気になって、その日はリキが居なくなったことを嘆く暇がなかった。

夏 千代子ばあさんが、あれほどリキのことを好きやったというのがアタシャ驚きだった。

ロ 毎日ご飯あげるだけだったのに。これもおふくろの味。ご飯を食べさせることイコール母の愛、なのかもしれない。

夏 アンタんとこの子ども達のおふくろの味は何？

ロ よくぞ聞いてくれました！　今回、改めて本人達に確認しました。長女のみいちゃんは、ゴルゴンゾーラチーズのシェルパスタとオムライス。次女のまあちゃんは、マッケンチーズとチキンカレー。まあちゃんが友達に、「野菜をもっと食べなきゃダメ！」って責められて、帰って私に泣きついたら、チキンカレーに玉葱、にんじん、じゃが芋をどっさり入れるのを見せられて、「カレーに入ってる野菜を食べてるよ！」と翌日学校で言い返せた、という思い出話も聞けた。

夏 そんなことってあるある。ところで、マッケンチーズって何？

ロ マカロニ・アンド・チーズ[※3]の略、アメリカの子どものお袋の味。茹でたマカロニに炒め玉葱とチェダーチーズを絡めて食べる。インスタントのマッケンチーズの青い箱がどこの家のキッチンにもあっ

※3 マカロニ・アンド・チーズ
マカロニに、とろとろに溶かしたチーズを絡めた料理。手軽に作れ、子どもに人気の高いアメリカで定番の家庭料理。「マッケンチーズ（Mac'n Cheese）」の愛称を持つ。ローゼン千津の簡単マッケンチーズ・レシピ：①玉葱をバターで飴色に甘くなるまで炒める。②マカロニを茹でて水切りする。③チェダーチーズを牛乳で溶かした鍋に①と②を入れ、塩コショウして完成。

夏 口

た。プレイデイトという放課後に子どもを預かり合う時、よく作った、これを嫌いな子はいないから。

長女みいちゃんの思い出は？

みいちゃんが小さい頃は、毎日近所のお砂場へ遊びに行ってた。梅雨時には、なぜお外に行けないのかわからなくて、しくしく泣いてた。「ほら、雨、雨」と指さして教えても、「雨」と「砂場行けない」の因果関係が呑み込めず、大好きなさくらんぼを食べさせて、毎日泣き止ませてた。

ある日みいちゃんが、さくらんぼを指して、「あめ、あめ」と言い出した！　そういう因果関係は不思議と理解する。その時に詠んだ「雨[※4]という言葉覚えしさくらんぼ　朗善」が、生まれて初めて日経俳壇[※5]に入選し、その選評が嬉しかった。

「雨の季節はまたさくらんぼの季節。こんな母に育てられる子は幸福です」って。アメリカでの子育て中、心細くなるたびにこの新聞の切り抜きを取り出して読み返してた。

ああ、それはいい句。

ありがとうございます!!　さくらんぼの種を取って実だけ食べさせてたけど、こっそり丸ごと食べてしまう時もあり、ウンチに種を確認するまでが冷や冷やもの（笑）。

さくらんぼの名句といえば、「茎[※6]右往左往菓子器のさくらんぼ　高浜虚子」。菓子器が見えてきます。

※4 雨という言葉覚えしさくらんぼ
季語「さくらんぼ」〈夏・植物〉

※5 日経俳壇
『日本経済新聞』の毎週土曜付朝刊、詩歌・教養面掲載の「俳壇」。妹ローゼンは、黒田杏子先生の選に投句している。

※6 茎右往左往菓子器のさくらんぼ
季語「さくらんぼ」〈夏・植物〉

夏 夏井家のおふくろの味は何？ 味のしない弁当（爆笑）。正人が高校生の時にこう言った。「弁当に愛情がこもっているのは十分わかってるが、頼むから味をつけてくれ」って。

口 わはははは。なんで塩コショウとか振らなかったの？ 調味料ケチって？

夏 当時は生活に必死で、エネルギー源となる餌のような物を主に食べさしていた。腹に溜まる物。夢中で俳句を作っていて、味付けを忘れることもあった。正人は、「マイ塩」を鞄に入れて持っていたらしい（大爆笑）。野菜、魚、ご飯、味噌汁、で栄養はいいだろうと、いつも同じ献立、シャケの塩焼きとか。

口 塩ジャケなら、塩振らんでもいい（笑）。そういえば、やのひろみさん[※7]のYouTubeで、正人君が、「兼光さん以前は、母の夕飯といえば酒の肴と酒でした」と言ってたよ（笑）。やのひろみさんって長い付き合いでしょ？ 最初のなれそめは？

夏 話せば長くなる……最初に『石の散歩道』っていうラジオ番組があったの、お仏壇のイフイ提供で、「いし、の、さんぽ、みち」っていう怖い、低ぅいトーンで始まる。

兼 墓石のお店やから、石の散歩道。

口 ああ！ なんか面白そうやけど？

夏 それが終わって、後番組に、「俳句がいいんじゃない」と、南海放送

※7 やのひろみさん
愛媛を中心にラジオのパーソナリティーだけでなく、番組ディレクター、イベント・式典の司会、講演活動も行う。第47回ギャラクシー賞DJパーソナリティ賞受賞。

と墓石屋さんがアタシに声をかけてくれて、『一句一遊』が始まった。最初は藤田の晴さん[※8]というディレクターが担当やった、気持ちのいい兄ちゃん。

兼夏 今は、おっちゃん（笑）。

その晴さんと二人三脚で、月金の帯で俳句番組が始まった。と思ったら、あっという間に担当が代わって、やのひろみちゃんに。それから半年くらいは、投句葉書が全然こんかった（笑）。『一句一遊』も2021年で20周年だから驚くよね。

ロ 今は投句もすごい量だよね。投句を印刷した紙の重さが9・05kgありますって、こないだ聞いた。うちの番犬かぼちゃんが6kgだからそれより重いってすごい。やのひろみさんご一家がたまにご飯を食べに来るんでしょう？　そんな時は兼光さんの手料理？

兼夏 そ、そ。

アタシは京都で一人暮らしをしてから料理をしだして、失敗しながら色々と覚えていった、酒の肴とか。今でも、兼光さんがいないとろくな物を食べない。兼光さんがいない日は正人の嫁の久乃に、「ちゃんとご飯食べてくださいよ」と釘を刺される。「食べるイコール栄養補給」という長年の食習慣から抜けきってない。一人で作るのも食べるのも面倒臭い。

ロ お姉さんて、食いしん坊じゃ無いのかもね？　食いしん坊はどんなに面倒くさくても自分の食べたいもんをきっちり作るから。

※8 藤田の晴さん
藤田晴彦。元・THE COKESのボーカリストで、現在はラジオのパーソナリティ、フリーライター、コラムニスト、北条駅前大人のカリー工房CURCOVA（カルコバ）も営む。

「これからの男は料理ができないとダメ」と、ニックのマミーはニックにオムレツの作り方を教えた。お弁当は、ピーナッツバターとジャムのサンドイッチと丸ごと林檎。風邪をひいた時のチキン丸ごとスープもおふくろの味。

昔、私が風邪気味で、古本屋のシフトを休めなくて、店へ出てへとへとで下宿に帰ると、妙な匂いが部屋に充満してた。ドミニカンタウン[※9]で、生きたままのチキンを買って、まるごとスープにしといたよ、風邪のひき始めには滋養が大切だからね、とニックに言われた。煮こぼすとか、アクを取るとか、ハーブの束を放り込むとか、一切細かい技は習わなかったらしくて、どす黒いスープにもろもろ浮いて、これは食べられんと思ったけど、一応それを漉して、月桂樹とかバジルとかハーブ類を全部放り込んで、塩コショウして食べてみた。鶏舎で鶏選びした話を聞いたら一口しか飲めなかった。ほら、おじいちゃんが中庭で鶏をシメてたやん？　頭の無い鶏がバタバタ走り回ってたやん？　あれを思い出した。

夏 その晩は、鶏の水炊きやった(笑)。ニックのチキンスープみたいなもんやな。

口 兼光さんのおふくろの味とは？

兼 おふくろの味って何かあるかなあ？　ちょっと前さっちゃんが「鯨のコロが食べたい」って大阪から取り寄せたり、「鱧が食べたい」って鱧を料理したりしてたけど、僕とさっちゃんが一緒に料理してる

※9 ドミニカンタウン
マンハッタン・ブロンクス区にある、ドミニカ共和国や南米からの移民が集まって住んでいる街。ドミニカン・レストランや、ドミニカン・マーケット、その他南米料理店も軒を並べている。

のが自然とおふくろの味になってるのかな。 加根家には、 すき焼きは父親が仕切る、という伝統はあった。

ああ！ 兼光さんが、みんなにお肉を焼いてくれる、あの至高のすき焼きは、 加根家の父の味だったのか！ これも代々受け継いでいきましょー、正人君よろしくね！

牛鍋や性懲りもなく人信じ

岡本眸（おかもとひとみ）

季語　牛鍋／冬・人事

牛肉、豆腐、葱、白菜、椎茸、白滝などを鉄鍋で煮ながら食べる料理。明治の文明開化期に流行するようになった。すき焼き。

牛鍋の周りを人が囲む風景。人が集えば友情も生まれ、裏切りも生じる。それが嫌なら一人で生きるしかない。たとえ裏切られても、性懲りもなく人を信じて集う。湯豆腐でなく牛鍋だけに、人交わりの美も醜も生々しく感じられる。

父の居る食卓とニシン蕎麦

口 お父さんと囲む食卓といえば、やっぱりお肉だよね。ほら、お父さんが出張から帰って来た時、私へのお土産はお人形で、お姉さんにはお肉（笑）。

夏 あの無口な信太郎さんが「お土産は何がええ？」と聞いてくれる。何か買ってやりたいという父の気持ちがひしひしとわかるから、答えてあげたいんだけど、どんなに考えても、牛肉と赤飯の二択しか思いつかん（大笑）。なんでアンタは次から次へと人形だのおもちゃだの、父を喜ばせるおねだりがすらすらと言えるんだろうと、不思議でたまらんかった。

口 逆に私は、なんでうちの姉は、リカちゃんで一緒に遊んでくれないの？　と子ども心に不審に思った。

夏 2歳違いの私の娘達がバービー人形で仲良くままごとするのを見て、これこれ、これだよ、と思った。
それで思い出した。NHKの収録で、壇蜜ちゃん[※1]とオンラインでつないで喋ってた時、男の子の句で、「麦茶と麦茶がお話してる」みたいな句が出てきて、壇蜜ちゃんが、「あたしもこんな子だった」。「玄関に置いてあったカラフルな米袋に話しかけてた」って。
それで、「うちの妹ローゼン千津も、子どもの頃色鉛筆に話しかけてた」と言ったら、壇蜜ちゃんが、「あたしはローゼンさんと絶対気が合う」と言うとった。で、「夏井先生はお人形ごっこやらなかったんですか？」って聞かれ、そんな遊びに一切興味が無い愛想の無い子

※1 **壇蜜ちゃん**
第2章「温泉卵・ワイン・骨髄焼」※4 P49参照。

口 やった、と（笑）。米袋はいいね。食いしん坊の親友と話してるみたい。

それで私も思い出したけど、実家の離れの「おへや」の入口横にあった物置に、「内田洋行」[※2]というラベルの大きな段ボール箱が長いこと置いてあったの覚えてない？　あれを毎日見て育ったから、中学の時に書いてた物語の主人公の名を内田洋行にしてた（笑）。

夏 後で調べたら、オフィス機器関係の会社で、家業の郵便局の事務机か書類棚が入っていたのかな、と思った。

詩は時々見せてもらっていたような気がするけど、その話は見たことない。

口 誰にも見せなかった。井上靖の『夏草冬濤（なつぐさふゆなみ）』みたいになる予定が、あまりに駄作で、途中で見るのも恥ずかしくなって、屑籠（くずかご）に丸めて捨てました。

「父の思い出の食卓」に話を戻しますが、一度だけお父さんと二人で夕飯の買い出しをしたことがあるの。まだ国鉄と言っていた頃の汽車に乗って、宇和島から松山へ二人で差し向かいの旅。

私は当時演劇やってたから、お父さんがおもむろに、唐十郎[※3]の戯曲を読んだって言い出して、『少女仮面』[※4]だったかな？　「特権的肉体論とはどんなこと？」みたいな演劇論を、一所懸命語ろうとしてくれた。

夏 そういう人やった。で、何と答えた？

※2 内田洋行
中国で創業。社名の「内田」は創業者内田小太郎の名にちなむ。「洋行」は中国語で「外国の店」を意味する。現在は、教育・オフィス・情報の多分野で事業展開している。

※3 唐十郎
「『澤田さん』と氷上の食卓」P186参照。

※4 少女仮面
唐十郎による傑作戯曲。第15回岸田国士戯曲賞受賞。伝説的大スター春日野八千代の経営する地下喫茶店「肉体」にやってきた少女と老婆から始まる物語。筆者の持論である特権的肉体論を舞台上に展開させた代表作。

口

確か、唐さんの言葉をそのまま借りたんじゃないかな。でも、もしお父さんが今ここにいたら、こんなふうに話したい。

ちょっと長いけど、「白鳥の湖の群舞を踊るダンサーの一羽一羽は、徹底的に個性を消して、全員が同じ背恰好、同じ腕の動き、同じ衣装と化粧をして、全員が完璧に訓練された『白鳥』という概念になる。だから美しい。一羽でも個性を見せたら完璧な『白鳥美』は壊れ、観客はどれか一羽の『あの白鳥』に注目し始める。『あの白鳥』はオデット・オディールというプリマしか演じちゃいけないのに。本来、個々の人間は『特権的肉体』を持っている。人間を演じるということは、完璧な『人間美』を見せることでなく、人間という言葉の意味を演じるのでもなく、一人ひとりが醜くも貧しくも灰色でも『あの白鳥』なのだという劇的真実を、個々の肉体に任せて舞台上で語らせようという試みだと思うよ」と言いたい。

これは俳句をやり出してわかった。季語の意味を俳句にするのではなく、一つひとつの虫や花をよく写生すると、季語が勝手に語り出す。特権的季語論。

夏

語りあげたね。アタシにも同じようなことがあったんよ。

大学の卒論が中世の歌論だったから、その話を夏休みにすると、次のお正月に帰省した時には、父信太郎さんが歌論を読んで勉強してくれとった。一緒に話したい一心で。

口

そういう人やったね。

その日、お父さんと二人で松山へ着いて、お姉さんの住んでたアパートの1階にあった農協で、夕飯の食材の買い出しをしたの。私がカートを押して、お父さんがお刺身とかお肉を選んで、お野菜やお豆腐も買って。なんでお母さんはいなかったのかな？

夏　信太郎さんが通院や入院の間、郵便局の留守を母の亀代さんと叔母の礼子さんが守っとったんよ。

口　ああ、そうだったの。あの時お父さんはもう食欲が無かった。私は多分その時もまだお父さんが末期がんということを知らなかった。

夏　お父さん自身も知らんかった。希望を持って闘病してくれるように知らせなかった。あんたも顔に出るから、最後まで知らせまい、と亀代さんと話しとった。

口　助からないと知りつつ数ヶ月生き抜くのは、あの父の場合、逆に周りに気を遣ってしんどかったと思う。その夜の食卓は、お父さんとお姉さんと私と3人ですき焼き。

夏　関西風のすき焼きとは違う。割り下にお肉も野菜も放り込む牛鍋みたいなん。

昔の漁村って、魚さえ出したらご馳走やと、栄養のバランスとは関係なく魚ばかり食べさせ、肉なら肉をありがたがって、野菜はおろそかになりがちで、食に対する考えが偏っていた。

信太郎さんががんになってから、ちゃんと野菜食べてたんやろうか、野菜をちゃんと食べる食文化だったらよかった、と悔しくなったことがある。

口 性懲りもなく人信じ、というフレーズに、郵便局で春闘のストライキが盛んだった時代を思い出すの。母と叔母はスト破りをして局長のお父さんを助けてた。黙って人の分まで働くお父さんやった。

夏 性懲りもなく人を信じるとか、性懲りもなく男にだまされるとか、そういう発想の句は無いことは無いけど、頭に「牛鍋」が付いた途端、非常に個人的な短編ドラマが幾つか見えてくる。日本人ならではの愚直や諦観（ていかん）。

ほら、信太郎さんも信太郎さんやけど、亀代さんのように借金を申し込まれたら断れない、性懲りもなくだまされて要らん物を買わされる、そういう人物像も浮かんでくる。

千津さんが、信太郎さんと過ごした買い出しのように、アタシにも思い出の一日があった。松山の中学に教師として就職したばかりで、信太郎さんはまだ病気じゃなかった。郵便局の局長会か何かの出張で松山に来て、農協の上のアパートの部屋に1泊したことがあった。その夜、二人で、二番町かどこかのバーに行って飲んだ。

口 へえ!! 初めて聞いた。素敵な思い出! 娘とバーでウィスキー飲むなんて、お父さんの夢だったんじゃないの?

夏 うん。ウィスキーやったと思う。信太郎さんと二人でお酒飲んだのは、後にも先にもその1回だけ。赴任したばかりで、松山の店なんか何も知らなかったけど、学校の飲み会の2次会とかで先輩の先生方に連れて行ってもらった、うろ覚えの店を二人で探して入って、カウンターに座って二人で飲んだ。

それから、ニシン蕎麦の思い出もある。

信太郎さんは、そば吉[※5]のニシン蕎麦が好きだった。アンタは覚えとるかな？　松山から宇和島に走って帰る途中、合掌苑というそば吉のチェーン店があったの。

夏口

あった、あった。合掌造りの大きなお蕎麦屋さんでしょ？

松山の県立中央病院から暮れに一時退院した時、合掌苑に寄って、お持ち帰りのニシン蕎麦セットを買った。信太郎さんの好きなニシン蕎麦なら、年越し蕎麦ちょっとは食べられるかと思ってねえ。

元日は家で過ごしたけれど、2日か3日かに高熱が出て、病院へ連れて戻る道々、体温が恐ろしい勢いで上がって、大雪が降り出して、車を道端に寄せてチェーンを付ける間に、亀代さんがあぜ道の雪を取って、信太郎さんの体を冷やして、そんな思いをして、病院へ送り届けた。

あの切ない、ニシン蕎麦の味。昔、京都の有名店で食べた時はそれほど好きって感じでもなかったのに、あれ以来ニシン蕎麦を食べるようになった。

夏口

それも初めて聞きました。私も、今度からニシン蕎麦食べよう。

今は家ですき焼きをする時は、兼光さんが関西風に、熱した鉄鍋に、お肉の脂、お肉、上にお砂糖を載っけて、それから割り下で焼いて、

※5 そば吉
愛媛県松山市にて設立した日本そば専門の老舗。設立以来つゆは天然の昆布・鰹節、そばは石臼挽きというこだわりを丁寧に持ち続けている。

生卵つけて、お肉だけまず食べる。お肉の旨みをさんざん頂いてから、肉汁の中に野菜を投入する。これも兼光さんと結婚してから知ったすき焼きの味。

ロ 浅草の今半で食べた時は、仲居さんが肉を焼いて割り下で味付けして生卵添えて勧めてくれました。ニックは生卵ダメだから、目玉焼きみたいにしてくれた。
お肉に直に砂糖を載せるのが、関西風なんだね。うちの実家は関東風で、肉も野菜も一緒にぶち込む。四国という地方は、松山から離れるほどに言葉も風習も関東に近くなる。

夏 宇和島あたりは、仙台の伊達藩が入ってきてるから、言葉のイントネーションも関東風。食文化にも影響あるのかねぇ。
こういう話するのも信太郎さんは好きやった。お酒飲みながら、そんな時間過ごしたかったねぇ。

作者プロフィール

P16　蒜をみぢんに打つて梅雨一家

鳥居美智子（とりいみちこ）

1932年、東京生まれ。戦争のための学童疎開や夫の転勤による度々の引越を重ねる。現在は東京在住。夫は『俳誌ろんど』を創刊した鳥居おさむ。句集に『桜の洲』『夢疲れ』『すみれ角力』『自注鳥居美智子集』。

P21　乾鮭と並ぶや壁の棕櫚箒

夏目漱石（なつめそうせき）

1867年、東京生まれ。帝国大学英文科卒。松山中学、五高等で英語を教え、英国に留学。帰国後、一高、東大で教鞭をとる。東大を辞し、新聞社に入社した後は創作に専念。『吾輩は猫である』『坊っちゃん』『三四郎』『それから』『行人』『こころ』など、著作多数。俳号は「愚陀仏」。1916年没。

P28　オムレツが上手に焼けて落葉かな

草間時彦（くさまときひこ）

1920年、東京生まれ、鎌倉育ち。祖父、父ともに俳人。『馬酔木』を経て、復刊『鶴』に拠り、1976年、無所属となる。俳人協会理事長。句集に『中年』『淡酒』『櫻山』『朝粥』『夜嘶』、評論集に『伝統の終末』『私説・現代俳句』、エッセイ集に『俳句十二か月』『淡酒亭歳時記』など。2003年没。

P36　パンにバタたつぷりつけて春惜む

久保田万太郎（くぼたまんたろう）

1889年、東京生まれ。小説家・劇作家・俳人。中学在学中から俳句に親しむ。慶應義塾大学時代に書いた小説『朝顔』が永井荷風に認められ文壇に登場。同大学の三田俳句会を経て、松根東洋城に師事、生涯にわたり俳句を続けた。俳誌『春燈』主宰。文化勲章。死後従三位勲一等。句集に『春燈抄』『久保田万太郎句集』など。1963年没。

P41　おでんやを立ち出でしより低唱す

高浜虚子（たかはまきょし）

1874年、松山生まれ。正岡子規に師事。『ホトトギス』主宰。『虚子句集』など多数。渡辺水巴、村上鬼城、飯田蛇笏、原石鼎、前田普羅、水原秋櫻子、阿波野青畝、山口誓子、高野素十等多くの俳人を輩出。有季定型を軸に、子規の客観主義を継承、花鳥諷詠、客観写生を唱える。俳人として初の文化勲章を受章。1959年没。

P48　避暑にあり温泉卵攻めにあふ

大石悦子（おおいしえつこ）

1938年、京都生まれ。『鶴』入会。石田波郷、石塚友二、星野麥丘人に師事。句集『群萌』で第10回俳人協会新人賞、『耶々』で俳句四季大賞、『百囀』で第55回蛇笏賞他、受賞多数。

P56　箸楽ししよつつる鍋の貝ふらふら

阿波野青畝（あわのせいほ）

1899年、奈良生まれ。高浜虚子に師事。1928年には四S（青畝・秋櫻子・素十・誓子）の一人として名を挙げられ、作風を知られるようになる。『かつらぎ』創刊、主宰。句集『甲子園』で第7回蛇笏賞。大阪芸術賞、兵庫県文化賞、詩歌文学館賞。1992年没。

P64　ハンバーガーショップもなくて雪の町

内山邦子（うちやまくにこ）

詳細不明につき、『食べ物俳句館』草間時彦著（角川選書、1991年）より引用。
「ハンバーガーの例句を探していると書いたら、早速、多数の読者から句を寄せて下さった。たいへんに有難かった。そのなかで、もっとも感動したのは掲出句である。
作者の住むのは新潟県中頚城郡大潟町。直江津から北東へ十数キロ、日本海に面した町である。」

P73　花満ちて餡がころりと抜け落ちぬ

波多野爽波（はたのそうは）

1923年、東京生まれ。高浜虚子に師事。『ホトトギス』同人。俳誌『青』創刊、主宰。福田蓼汀、橋本鶏二、野見山朱鳥と四誌連合会を結成。句集に『舗道の花』『湯呑』『骰子』『一筆』『波多野爽波全集』など。1991年没。

P81　昼の月かくも淡きに舌鮃

黛執（まゆずみしゅう）

1930年、神奈川生まれ。『春燈』入会。安住敦に師事。超結社同人誌「晨」同人参加。俳誌『春野』創刊、主宰。句集『野面積』で俳人協会賞。『春野』『村道』『朴ひらくころ』など。長女は俳人の黛まどか。2020年没。

P88　水飯に洛中の音遠くあり

藤田湘子（ふじたしょうし）

1926年、神奈川生まれ。16歳で俳句を始め、17歳で『馬酔木』に入会、水原秋櫻子に師事、石田波郷に兄事。『鷹』を創刊、主宰。句集『途上』『白面』『一個』、著作『水原秋櫻子』『秋櫻子の秀句』『俳句の方法』『俳句好日』『20週俳句入門』など。2005年没。

P96　蕗そらまめ花見簞笥にみどり添ふ

大野林火（おおのりんか）

1904年、横浜生まれ。臼田亜浪に師事。『石楠』所属。『浜』創刊、主宰。綜合俳誌『俳句』編集長。句集『海門』『潺潺』など。第3回蛇笏賞。俳人協会会長。1982年没。

P104　ざつくりと割れたるものを闇汁に

岸本尚毅（きしもとなおき）

1961年、岡山生まれ。中学生の頃に俳句を始める。東大学生俳句会、東大ホトトギス会に参加。『渦』『青』『ゆう』『屋根』を経て、『天為』『秀』同人。句集『舜』にて第16回俳人協会新人賞他、多数受賞。『鶏頭』『健啖』『感謝』、随筆・評論多数。

P113　茶碗酒どてらの膝にこぼれけり

巌谷小波（いわやさざなみ）

1870年、東京生まれ。児童文学者、俳人。進学を放棄して硯友社に入る。児童読み物の執筆に専念し、『少年世界』主筆。『日本お伽噺』『世界お伽噺』など著書多数。句集に『さつら波』。1933年没。

P120　蓬食べてすこし蓬になりにけり

正木ゆう子（まさきゆうこ）

1952年、熊本生まれ。お茶の水女子大学卒業。能村登四郎に師事。俳論集『起きて、立って、服を着ること』で第14回俳人協会評論賞。句集『静かな水』で第53回芸術選奨文部科学大臣賞。句集『羽羽』で第51回蛇笏賞。2019年紫綬褒章。

P128　鯛鮓や一門三十五六人

正岡子規（まさおかしき）

1867年、松山生まれ。俳人、歌人。1883年上京。1892年『獺祭書屋俳話』の連載開始。日清戦争従軍の帰路に喀血。凄絶な闘病生活は随筆『病牀六尺』等に詳しい。代表作は『獺祭書屋俳話』、『歌よみに与ふる書』、『病牀六尺』、『竹乃里歌』、『寒山落木』など。1902年9月19日脊椎カリエスにより死去。

P140　麗らかな朝の焼麺麭はづかしく

日野草城（ひのそうじょう）

1901年、東京生まれ。若くして高浜虚子の『ホトトギス』にて活躍するが除名。積極的に無季俳句を唱道し、新興俳句の驍将となる。戦前は俳誌『旗艦』、戦後は『青玄』を創刊、主宰。晩年は病臥の中で句作に専念し、独自の句境を開く。1956年没。

P148　寒紅やそのカクテルを私にも

星野椿（ほしのつばき）

1930年、東京生まれ。星野立子の長女。祖父は高浜虚子。母星野立子の没後、『玉藻』の主宰を継承。虚子の「花鳥諷詠・客観写生」の理念を説きながら新しさを追求。息子星野高士の継承後は、名誉主宰。句集に『波頭』、『金風』、『三代（星野立子・椿・高士）』など。

P160　くず切や心通へばなほ無口

及川貞（おいかわてい）

1899年、東京生まれ。水原秋櫻子に師事。『馬酔木』婦人句会で俊英を育てた。主宰誌を持たない自由な句風。『夕焼け』で第7回俳人協会賞。句集に『野道』『榧の実』『夕焼』『自註・及川貞集』など。1993年没。

P169　ある程度夫唱婦随や屠蘇をくむ

高田風人子（たかだふうじんし）

1926年、生まれ。高浜虚子、星野立子に師事。『ホトトギス』同人。俳誌『惜春』創刊。『雛』を福神規子と創刊。句集に『半生』『走馬灯』『惜春賦』『明易し』『四季の巡りに』。合同句集に『笹子句集』など。2019年没。

P176　ユダヤ人の義弟に餅を焼いてやる

夏井いつき（なついいつき）

1957年、愛媛生まれ。松山市在住。俳句集団「いつき組」組長。第8回俳壇賞受賞。「句会ライブ」や「俳句甲子園」の創設に関わるなど、俳句の種蒔き活動を続け、創作活動以外にも幅広く活躍中。句集に、『伊月集 龍』『伊月集 梟』など、著書多数。

P184　暗き湖より獲し公魚の夢無数

藤田湘子（ふじたしょうし）

プロフィールはp218「P88 水飯に洛中の音遠くあり」参照。

P193　衣被生き方はもう変へられぬ

長谷川せつ子（はせがわせつこ）

1918年、神奈川県生まれ。少女の頃16代鴫立庵主と出会い、俳句に親しむようになる。俳誌『鞦韆』同人。青木泰夫に師事。『波』創刊、発起同人。倉橋羊村に師事。現代俳句協会会員、藤沢市俳句協会顧問。

P200　母の日のてのひらの味塩むすび

鷹羽狩行（たかはしゅぎょう）

1930年、山形生まれ。山口誓子・秋元不死男に師事。句集『誕生』で俳人協会賞。句集『平遠』で芸術選奨文部大臣新人賞。1978年、俳誌『狩』創刊、主宰。句集『翼灯集』と『十三星』で毎日芸術賞。俳人協会会長。勲四等旭日小綬章。句集『十五峯』で蛇笏賞。詩歌文学館賞。著書多数。

P209　牛鍋や性懲りもなく人信じ

岡本眸（おかもとひとみ）

1928年、東京生まれ。富安風生、一岸風三樓に師事。句集『朝』で第11回俳人協会賞、句集『母系』で第8回現代俳句女流賞、句集『午後の椅子』で第41回蛇笏賞。自註句集、自選句集、入門書、エッセイ集等多数。紫綬褒章。俳人協会副会長。俳誌『朝』主宰。2018年没。

俳句引用元一覧

1章

P16～20

＊蒜をみちんに打つて梅雨一家　鳥居美智子
　鳥居美智子『自註現代俳句シリーズ六期 50鳥居美智子集』(俳人協会、1991年)
○鳥帰りたる夜の数の餃子かな　岡井省二　岡井省二『句集 大日』(本阿弥書店、2000年)
○にんにくを利かそ明日は日曜日　高尾方子　俳句αあるふぁ編集部編『食の歳時記三百六十五日』(毎日新聞社、1996年)
○毒舌を吐く蒜をすりおろし　岩本あき子　俳句αあるふぁ編集部編『食の歳時記三百六十五日』(毎日新聞社、1996年)

P21～27

＊乾鮭と並ぶや壁の棕櫚箒　夏目漱石
　水原秋櫻子・加藤楸邨・山本健吉 監修『カラー図説 日本大歳時記 冬』(講談社、1981年)
○手さぐりや乾鮭はづす壁の釘　鈴木道彦
　水原秋櫻子・加藤楸邨・山本健吉 監修『カラー図説 日本大歳時記 冬』(講談社、1981年)
○手燭して乾鮭切るや二三片　前田普羅
　水原秋櫻子・加藤楸邨・山本健吉 監修『カラー図説 日本大歳時記 冬』(講談社、1981年)
○乾鮭を切りては粕につつみけり　水原秋櫻子
　水原秋櫻子・加藤楸邨・山本健吉 監修『カラー図説 日本大歳時記 冬』(講談社、1981年)
○酒のまぬ妻にからすみ分け惜しむ　福田紀伊　俳句αあるふぁ編集部編『食の歳時記三百六十五日』(毎日新聞社、1996年)
○目刺し焼くここ東京のド真中　鈴木真砂女
　飯田龍太・稲畑汀子・金子兜太・沢木欣一 監修『カラー版 新日本大歳時記 春』(講談社、2000年)
○木がらしや目刺にのこる海のいろ　芥川龍之介
　飯田龍太・稲畑汀子・金子兜太・沢木欣一 監修『カラー版 新日本大歳時記 冬』(講談社、1999年)
○目刺の列のいちばん下はかなしいよ　幡谷東吾　俳句αあるふぁ編集部編『食の歳時記三百六十五日』(毎日新聞社、1996年)

P28～33

＊オムレツが上手に焼けて落葉かな　草間時彦　草間時彦『食べもの俳句館』[角川選書219](角川書店、1991年)
○たよられてたよる鰤の冬至粥　小林ふみ　俳句αあるふぁ編集部編『食の歳時記三百六十五日』(毎日新聞社、1996年)
○粕汁や夫に告げざることの殖ゆ　大石悦子　俳句αあるふぁ編集部編『食の歳時記三百六十五日』(毎日新聞社、1996年)

P36～40

＊パンにバタたつぷりつけて春惜む　久保田万太郎
　飯田龍太・稲畑汀子・金子兜太・沢木欣一 監修『カラー版 新日本大歳時記 春』(講談社、2000年)
○フランスパンの空洞きよらかなりノエル　池田澄子　池田澄子『句集たましいの話』[角川俳句叢書(3)](角川書店、2005年)
○ぞくぞくと老婆パン買ふ西日かな　小池文子　小池文子『巴里蕭条』[『増補 現代俳句大系』第14巻](角川書店、1981年)

P41～46

＊おでんやを立ち出でしより低唱す　高浜虚子　高浜虚子編『新歳時記』(三省堂、1934年)

2章

P48～55

＊避暑にあり温泉卵攻めにあふ　大石悦子　大石悦子『百花』『季語別大石悦子句集』(ふらんす堂、2017年)
○避暑たのし足りなきものは隣より　星野立子
　飯田龍太・稲畑汀子・金子兜太・沢木欣一 監修『カラー版 新日本大歳時記 夏』(講談社、2000年)
○死火山の膚つめたくて草いちご　飯田蛇笏
　飯田龍太・稲畑汀子・金子兜太・沢木欣一監修『カラー版 新日本大歳時記 夏』(講談社、2000年)
○鰭酒の鰭を食べたる猫が鳴く　岸本尚毅　岸本尚毅『岸本尚毅集』[セレクション俳人07](邑書林、2003年)

P56 ~ 61
＊箸楽ししよつつる鍋の貝ふらふら 阿波野青畝　俳句 α あるふぁ編集部編『食の歳時記三百六十五日』（毎日新聞社、1996年）
○あら何ともなやきのふは過てふくと汁 松尾芭蕉
飯田龍太・稲畑汀子・金子兜太・沢木欣一 監修『カラー版 新日本大歳時記 冬』（講談社、1999年）

P64 ~ 72
＊ハンバーガーショップもなくて雪の町 内山邦子　草間時彦『食べもの俳句館』［角川選書219］（角川書店、1991年）
○太陽をOH!と迎へて老氷河 鷹羽狩行
飯田龍太・稲畑汀子・金子兜太・沢木欣一 監修『カラー版 新日本大歳時記 夏』（講談社、2000年）

P73 ~ 80
＊花満ちて餡がころりと抜け落ちぬ 波多野爽波　波多野爽波 現代俳句叢書15『骰子』（角川書店、1986年）
○厚餡割ればシクと音して雲の峰 中村草田男
水原秋櫻子・加藤楸邨・山本健吉 監修『カラー図説 日本大歳時記 夏』（講談社、1982年）
○楽はいまセロの主奏や氷菓子 松尾いはほ
水原秋櫻子・加藤楸邨・山本健吉 監修『カラー図説 日本大歳時記 夏』（講談社、1982年）

P81 ~ 87
＊昼の月かくも淡きに舌鮃 黛執　俳句 α あるふぁ編集部編『食の歳時記三百六十五日』（毎日新聞社、1996年）
○若狭には佛多くて蒸鰈 森澄雄　岸本尚毅『名句十二か月』（富士見書房、2000年）

P88 ~ 93
＊水飯に洛中の音遠くあり 藤田湘子
飯田龍太・稲畑汀子・金子兜太・沢木欣一 監修『カラー版 新日本大歳時記 夏』（講談社、2000年）
○水飯や象牙の箸を鳴らしけり 吾空　高浜虚子編『新歳時記』（三省堂、1934年）
○秋涼し手毎にむけや瓜茄子 松尾芭蕉　植田正治・黒田杏子『おくのほそ道をゆく』（小学館、1997年）
○めづらしや山をいで羽の初茄子 松尾芭蕉　杉浦正一郎校註『芭蕉 おくのほそ道』（岩波書店、1957年）
○梅若菜まりこの宿のとろゝ汁 松尾芭蕉
飯田龍太・稲畑汀子・金子兜太・沢木欣一 監修『カラー版 新日本大歳時記 秋』（講談社、1999年）

3章

P96 ~ 103
＊蕗そらまめ花見簞笥にみどり添ふ 大野林火　草間時彦『食べもの俳句館』［角川選書219］（角川書店、1991年）
○紺絣春月重くいでしかな 飯田龍太　飯田龍太『自選自解句集』（講談社エディトリアル、2015年）
○重箱に鯛おしまげてはな見かな 夏目成美　高浜虚子編『新歳時記』（三省堂、1934年）
○オ萩クバル彼岸ノ使行キ逢ヒヌ 正岡子規　『季語別子規俳句集』（松山市立子規記念博物館編集、1984年）

P104 ~ 112
＊ざつくりと割れたるものを闇汁に 岸本尚毅　岸本尚毅『岸本尚毅集』［セレクション俳人07］（邑書林、2003年）
○熊を見し一度を何度でも話す 正木ゆう子　正木ゆう子『夏至 正木ゆう子句集』（春秋社、2009年）

P113 ~ 117
＊茶碗酒どてらの膝にこぼれけり 巌谷小波　草間時彦『食べもの俳句館』［角川選書219］（角川書店、1991年）
○受験子に肉じゃがたっぷりよそひけり 立石朋　草間時彦『食べもの俳句館』［角川選書219］（角川書店、1991年）

P120 ~ 127
＊蓬食べてすこし蓬になりにけり 正木ゆう子　正木ゆう子『正木ゆう子集』［セレクション俳人20］（邑書林、2004年）

P128 ~ 137
＊鯛鮓や一門三十五六人 正岡子規　夏井いつき『子規365日』（朝日新聞出版、2019年）
○風呂吹の一きれづゝや四十人 正岡子規　高浜虚子『子規句集』（岩波書店、1993年）
○芋煮会寺の大鍋借りて来ぬ 細谷鳩舎　草間時彦『食べもの俳句館』［角川選書219］（角川書店、1991年）
○鮓おしてしばし淋しきこゝろかな 与謝蕪村　高浜虚子編『新歳時記』（三省堂、1934年）
○仰ぐでもなし車座の花見酒 宇都木水晶花　俳句 α あるふぁ編集部編『食の歳時記三百六十五日』（毎日新聞社、1996年）

4章

P140～147

＊麗らかな朝の焼麺麭はづかしく 日野草城　復本一郎『日野草城　俳句を変えた男』(角川学芸出版、2005年)
○をみなとはかかるものかも春の闇 日野草城　復本一郎『日野草城　俳句を変えた男』(角川学芸出版、2005年)
○鶏頭の十四五本もありぬべし 正岡子規
　飯田龍太・稲畑汀子・金子兜太・沢木欣一 監修『カラー版 新日本大歳時記 秋』(講談社、1999年)
○霜の墓抱き起されしとき見たり 石田波郷　石田波郷『石田波郷全集 第二巻俳句Ⅱ』(角川書店、1971年)

P148～157

＊寒紅やそのカクテルを私にも 星野椿　『句集 三代』(飯塚書店、2014年)

P160～168

＊くず切や心通へばなほ無口 及川貞　俳句αあるふぁ編集部編『食の歳時記三百六十五日』(毎日新聞社、1996年)
○葛ざくら濡れ葉に氷残りけり 渡辺水巴　草間時彦『食べもの俳句館』[角川選書219](角川書店、1991年)
○のらくろは 兵隊やめて 大陸へ行く 黒柳徹子　『窓ぎわのトットちゃん』(講談社 1984年)

P169～175

＊ある程度夫唱婦随や屠蘇をくむ 高田風人子
　飯田龍太・稲畑汀子・金子兜太 他監修『カラー版 新日本大歳時記 新年』(講談社、2000年)
○喰積のほかにいさゝか鍋の物 高浜虚子
　水原秋櫻子・加藤楸邨・山本健吉 監修『カラー図説 日本大歳時記 夏』(講談社、1981年)
○馴染むとは好きになること味噌雑煮 西村和子
　飯田龍太・稲畑汀子・金子兜太 他監修『カラー版 新日本大歳時記 新年』(講談社、2000年)
○鏡餅不出来人工衛星の世や 山口青邨　俳句αあるふぁ編集部編『食の歳時記三百六十五日』(毎日新聞社、1996年)

5章

P184～192

＊暗き湖より獲し公魚の夢無數 藤田湘子　藤田湘子『句集・雲の流域』(金星堂、1962年)

P193～199

＊衣被生き方はもう変へられぬ 長谷川せつ子
　飯田龍太・稲畑汀子・金子兜太・沢木欣一 監修『カラー版 新日本大歳時記 秋』(講談社、1999年)
○きぬかつぎ指先立てて食うべけり 草間時彦
　水原秋櫻子・加藤楸邨・山本健吉 監修『カラー図説 日本大歳時記 秋』(講談社、1981年)
○衣被李白を憶ふ杜甫の詩 長谷川櫂　『長谷川櫂200句鑑賞』(花神社、2016年)
○ある年の子規忌の雨に虚子が立つ 岸本尚毅　岸本尚毅『ベスト100 岸本尚毅』[シリーズ自句自解Ⅰ](ふらんす堂、2011年)
○かまくらへゆつくりいそぐ虚子忌かな 黒田杏子　黒田杏子『水の扉』(牧羊社、1991年)
○子規逝くや十七日の月明に 高浜虚子　高浜虚子「贈答句集」『定本 高濱虚子全集 第三巻俳句集(三)』(毎日新聞社、1974年)
○筒袖や秋の柩にしたがはず 夏目漱石　大岡信編『子規と漱石』[子規選集(9)](増進会出版社、2002年)
○手向くべき線香もなくて暮の秋 夏目漱石　大岡信編『子規と漱石』[子規選集(9)](増進会出版社、2002年)
○霧黄なる市に動くや影法師 夏目漱石　大岡信編『子規と漱石』[子規選集(9)](増進会出版社、2002年)

P200～208

＊母の日のてのひらの味塩むすび 鷹羽狩行
　飯田龍太・稲畑汀子・金子兜太・沢木欣一 監修『カラー版 新日本大歳時記 夏』(講談社、2000年)
○摩天楼より新緑がパセリほど 鷹羽狩行　鷹羽狩行『鷹羽狩行俳句集成』(ふらんす堂、2017年)
○冬ざるるリボンかければ贈り物 波多野爽波　波多野爽波『骰子』[現代俳句叢書15](角川書店、1986年)
○茎右往左往菓子器のさくらんぼ 高浜虚子
　飯田龍太・稲畑汀子・金子兜太・沢木欣一 監修『カラー版 新日本大歳時記 夏』(講談社、2000年)

P209～216

＊牛鍋や性懲りもなく人信じ 岡本眸　俳句αあるふぁ編集部編『食の歳時記三百六十五日』(毎日新聞社、1996年)

イラスト　山口洋佑
装丁　坂川朱音
本文デザイン　坂川朱音+田中斐子(朱猫堂)
DTP　坂巻治子
協力　株式会社夏井&カンパニー
執筆協力　八塚秀美
校正　深澤晴彦、鈴木初江
編集　高木さおり(sand)
編集統括　吉本光里(ワニブックス)

食卓で読む 一句、二句。
著者　夏井いつき・ローゼン千津
2021年7月10日　初版発行

発行者　横内正昭
編集人　青柳有紀
発行所　株式会社ワニブックス
〒150-8482 東京都渋谷区恵比寿4-4-9 えびす大黒ビル
電話　03-5449-2711(代表)
03-5449-2716(編集部)
ワニブックスHP　http://www.wani.co.jp/
WANI BOOKOUT　http://www.wanibookout.com/

印刷所　株式会社 美松堂
製本所　ナショナル製本

定価はカバーに表示してあります。

ISBN978-4-8470-7068-6